GAEA

Gaea

恐懼炸彈

CITYFEAR 1
都市恐怖病

九把刀 著
Giddens
漢寶包 插畫

恐懼炸彈

CITYFEAR 1 都市恐怖病

目錄

語言

01 數數字

「四百零……四百零七……四百……零八……四百零九……四百九十……九十……四百九十七……四……百……九十……八……四百……九十……九十九……五百……呼……」我稍微鬆了一口氣，在紙上用力地補上正字的最後一橫；轉過身看了沙漏一眼，剛好又漏完了，是第二十一轉了。

這個沙漏一轉要五分鐘，我已經花了……我算算……嗯，總共是一百零五分鐘了。

又惡化了。

上個星期數到五百時，只用了十五轉，我的腦袋又退化了不少！想到等一下還要吃力地繼續數到一千，就感到無盡的疲累。

現在的我，每天都得像個剛學數學的小朋友一樣地數數字，以保持我的頭腦清楚。每天睡前這項自我要求，是快樂與惶恐參半的；慶幸的是，我始終能掌握基本的邏輯，雖然很累人，但是過程使我很清楚自我的存在。惶恐的是，我知道再過一段時間我就會失去它了，按照退化的速度來看，頂多兩個月，我將完全沒辦法思考。

所以，趁著我還保有一些理性的時候，我想將我遇到的駭人經歷寫下來，越快越好。也許我很快地就沒法子使用文字了，在你看到這一張紙條後，請務必跟我聯繫，我是說，如果你也看得懂的話。

我是交大的學生，大四了，平常可沒有數數字的習慣，喜歡看漫畫、看電影，當然書還是會念的，成績還好，人緣也不賴，有一個在念師院的女友。

半年前，事情發生的前一晚，我過得跟平常一樣，我很確定，因爲我已經回憶過數十次了。

我跟往常一樣混到很晚才上床，睡覺時，室友一顆還在網路上聊天，石頭邊唸書邊舉啞鈴，阿康跟兩隻貓在床上玩。

一切都那麼樣的平凡。

02 陰謀？

那夜因爲大家都太晚睡，所以隔天一直到中午才起床，很默契地，四個人幾乎是同時爬下床來。

「又蹺掉了上午的管專了。」我邊換衣服邊說。

「幫我買便當，我要先上一下網路，要雞腿的。」我塞了一張鈔票在一顆的手上。

「$%^&%*#@$%&—·@$#*(%)」一顆似笑非笑地把錢塞還給我，還發出了一串非常沒意義的「聲音」。

「耍白痴喔!?幫我買啦，外面都在傳說王一顆急公好義救人急難，難道是假的嗎？」我邊綁鞋帶邊說。

「%$^&%^#@%@^*&」一顆又發出一串奇怪的「聲音」，似乎顯得有點不耐煩。

「白爛喔?好啦，今天破例微服出巡，跟你們去吃。」我說。

這時，我又聽到了兩串亂七八糟的聲音，但不是一顆發出來的，而是石頭跟阿康朝著我發出來的，還伴隨著笑聲。

「#@%@^%^&*(&*%$」我沒好氣地也胡說八道了一句；一大早就裝瘋賣傻的，眞是有害身體健康，不過有喜歡同我開玩笑的室友，正合我嘻嘻哈哈的個性。

等動作最慢的阿康安頓好他的愛貓後，四個人便一起去吃中飯；一路上，四個人都以這種歪七扭八式的聲音「交談」，我漸漸厭煩起來，玩笑開太久總會無趣。

走進學校餐廳，我馬上就感到一陣窒息感。

好煩。

不知道為什麼，心頭總覺得怪怪的，有一種鬱悶的壓迫感。

可是人潮並沒有太擁擠啊，大概是玩亂說話的遊戲玩太久了吧。

已經到了快餐區的櫃檯前。

「雞腿飯一個。」我遞過去一張百元鈔。

只見收銀小姐古怪地盯著我，似乎不打算給我便當的意思。

「嗯？沒雞腿嗎？那魚排吧。」我說。

收銀小姐揮了揮手，滿臉怒色地發出了一串聲音。

又是那一種毫無意義可言的聲音。

我幾乎呆住了，不過看來她要我走開的意思倒不難了解。

石頭輕輕推開了我，用一種責備的眼神看著我，彷彿我做錯了什麼。

「#$@&*%$@%$%-!」石頭回頭向收銀小姐亂七八糟地念著。

「白痴喔！」我碎碎念著，作弄人啊!?

如你所猜的，石頭買到了一個便當。

這是一場陰謀嗎？

一顆跟阿康接著都像神經病似地，煞有其事地向收銀小姐亂唸一堆聲音，同理，他們都拿到了便當。

「裡面裝的是大便嗎？講大便話點到的應該是大便吧！」我開玩笑地跟他們三人說，但從他們古怪的眼神中，我感到一股莫名的寒意。

不！是陰謀！

一定是場可笑的陰謀。

今天是什麼日子!?愚人節……NO……NO……那是屬於我的節日，而且現在是十月；生日……不會吧，還有半個月……喔喔，應該只是個草草計劃的陰謀吧！看來他們連收銀小姐也網羅了，算是花了些心思，我就陪他們玩玩吧……

等等，他們怎麼知道我今天想吃快餐咧？啊！太容易了，只要他們三個人都往這邊走，我跟著吃快餐的機率也就變得很大，也許，他們根本連其他小吃部門的收銀員都串通好了吧。有趣。

「咳！嗯，@$%()%$&^%*%^!@$*」我擠出一個鬼臉，再次向收銀小姐挑戰。

哈！果然不出我所料！那小姐給了我一個……豬排便當!?

好吧，反正我也知道她一定聽不懂我在說什麼，但是很詭異的，她找了我一張五百元的鈔票跟兩張名片，還有一張塗鴉的紙片。

但我給的是一張一百元的鈔票啊！

我狐疑地盯著她看，但我確定這不是一個道德感的考驗，因爲我另外還收了奇怪的廢物，一只瓶蓋和一支用完的筆芯，我只是覺得太無厘頭了點。

過了幾秒，她露出不耐的眼神。

OK！OK！我轉過身走了，反正是一顆他們安排的白痴遊戲。

跟一顆三人會合後，我們便一起坐在電視前吃飯。

在數秒之間，我睜大了眼睛，被接著發生的事情嚇了一跳。

03 噪音

我不能置信。

電視正播著午間新聞——用一種我聽不懂的語言播報。

那甚至不是一種語言。

我不會日語，但是我知道什麼樣子的語言聽起來是日語，如果是一種我從沒聽過的語言，我也覺得我可以分辨出它有沒有意義，我是說，我知道隨便鬼扯的「聲音」跟可以真正拿來用的語言的分別。

我想很多人都有這個能力吧！如果我隨口唸出一串如「烏魯撒不干七魯七魯黑呦黑」之類的「話」，你應該可以知道我只是鬼扯一通，充其量只是一種聲音或噪音。

現在的新聞播報員給我的感覺正是如此。

沒有章法、沒有系統的「聲音」用她甜美的聲調發出，本來應該會令我捧腹大笑的，但這個時候，我

只覺得毛骨悚然。

太……太沒有道理了吧！一顆的影響力有大到開全國觀眾玩笑的地步嗎？

我看了一顆一眼，走到電視前面蹲了下來，仔細地搜索。

不是錄影帶。因爲根本沒有錄影機。

我退後坐下，心中空蕩蕩地懸著。

我看著電視上親切的播報員，非常仔細地觀察，我相信當時的心情比考試還緊張。

沒……沒錯！她的嘴型正好貼合它所發出來的聲音。

我覺得噁心。

「一顆，」我說，「你怎麼做到的？」

「!@#--$$--$%^$%&%」一顆。

預料中的回答。

「嗯，我認輸了，」我努力地嘗試，「你眞是他媽的厲害。」

「!@#^&*」一顆面有怒色。

「……」我靜默了。

我想他是聽不懂我說的話了。我盡量使自己冷靜下來，而且我很快就做到了，因為我所害怕的是一件完全不可能發生的事情。

我站起來，走進人聲鼎沸的用餐人群中。答案就在裡面，我想。

現在我知道為何我一進來餐廳便感到壓迫的原因了；是噪音，這種沒有意義結構的聲音從每個人的口中說出，談天、叫鬧、買賣。每個人都看似愉快地彼此交談著——以一種極端駭人的方式。

我摔進了一股漩渦之中，全身發冷。

我可沒昏倒，那些電影裡的誇張鏡頭不適合我，我可沒那麼脆弱。但是我還是忍不住咬了一下手指。沒有很痛，因爲我沒笨到用力咬，不過可以確定的是，這一切似乎是眞實的。

太夢幻了吧！

我平常就很喜歡胡思亂想，是一個老愛自己嚇自己的人，在宿舍洗臉的時候會邊洗邊抬頭看鏡子，雖然殘留在臉上的泡沫會刺激眼睛，但是我就是不放心，我總是覺得有長頭髮、垂著頭的鬼怪在我身後，只要我沒有注意盯著鏡子提高警覺，他就會突然飄到我身後，等我洗完臉突然照鏡子時嚇我一跳。

我知道這不是眞的，但是我就是改不了這個壞習慣。小時候我就幻想家中有很多善良的鬼怪，還每天跟他們對話，而且在我的領導之下打敗了入侵的邪惡鬼怪，我成了英雄，所以在家中我不怕鬼，我跟他們是夥伴。

我還擅自拜了菩薩跟如來作師父，也是每天跟他們對話，接受他們的教導。我東西掉了會邊撿起來邊唸三聲阿彌陀佛，我以爲這樣才不會帶來厄運，這是我發明的，沒有人教。

說了那麼多，你應該知道我是一個想像力很豐富的人吧，想像力對我來說是引以自豪的能力與特質；常常看科幻或恐怖電影時，小孩子跟大人說一些神奇的事情，如發現外星人或有怪

04 想像力

獸躲在衣櫃裡時，大人那種一副不能置信的樣子令我覺得非常愚蠢，缺乏想像力會導致面對不能置信的事物時陷入無能的狀態，大人就是有這個毛病，常常忘了自己小時候寬闊的胸襟。

我不是迷信，但是我相信外星人，我相信尼斯湖裡有水怪，我相信殭屍，我相信吸血鬼，我相信九二一大地震跟政黨輪替有顯著的相關。

我對任何的可能都抱著接受的態度。

我相信我現在面對的是科學不能解釋的奇妙現象，而且情況很不妙，如果我一味純理性地分析我的處境，將會困死在狹窄的思路，我會崩潰的。

05 排列組合

我在陰陽魔界裡嗎？

小時候電視上有一齣懸疑科幻影集，叫「陰陽魔界」，內容主要是描述各種奇幻的故事，吸血鬼傳說，時光倒流，鄰居是外星人等等。

現在它是我重要的線索。

要了解我現在的處境，除了豐富的想像力，清晰的邏輯是必要的。

我走出餐廳，在女二舍外面的長板凳上坐著，這裡沒有喧鬧的噪音。

首先，這裡是哪裡？

我扒了一口飯，嗯，飯倒是沒變，豬排還是小小一塊，一樣坑人。

ㄜ？

既然飯沒有變，會不會……

會不會不是我走進了魔界，而是其他人著魔了呢!?

這個可能必須保留。

不過如果說是其他的人全著了魔，那我可就沒有救了。

沒有正常的地方可以回去，而且我也相當沒有自信可以拯救全人類。

好，這個可能先丟到一邊。

第二個問題，我是怎麼進來這個魔界的。

這個問題解決的話，要回到正常的世界才有希望。

於是，我開始回憶。

關鍵是昨天晚上。

如我說過的，我找不出有什麼特別的地方；我昨晚也許做了一些正常人不會做的事，但是我平常偶爾就會做，沒道理還在今天掉進魔界啊！況且，也不是什麼特別奇怪的事，只是偶爾在交誼廳站著看一個小時的報紙，喝遠離4℃超過兩個小時的牛奶，在游泳池中小便等等，都不算是什麼惡行吧！要是奇怪一點的人就要掉進魔界，我的好哥兒大頭龍早就該來的。

還是說，這是一種排列組合的關係!?

如果我有一百個怪癖，平常做是無害的，但是若是在同一天剛剛好做了第十八項跟第六十三項跟第九十一項的怪癖的話，我就會進入這個時空!?或者有五組怪癖都會使我進入魔界，都不能在同一天做，但A組要在晴天做才會發生效應，B組要在颱風天才會產生效應，C組在上午下大雨而晚上月圓時才會產生時空的裂痕等等……也就是說，我在晴天做了B組的怪癖，是不會進入魔界的。

我這樣想是很有道理的；進入時空破洞的條件，應該要非常嚴格才對，要不然失蹤人口一定會大增，會造成嚴重的社會問題，況且，要是進入魔界像買票進動物園那麼簡單的話，也不用拍那麼多科幻電影了。

所以，現在是分秒必爭！

我必須在我還記得昨天做過了什麼事的時候，把它們都記下來，再好好研究一下，也許我今天再重複做一次，或者做完全相反的事，我明天就可以回到正常的世界了。

有時候眞覺得我挺聰明的。

敲著自己的腦袋瓜　咕咚
想敲出大便般堆積的邏輯
這樣　我的情感　創意
才有多一點點的容身之處

06 最偉大的偉人

上課鐘響了。

我知道那應該是上課的鐘聲，雖然聽起來像是馬桶的沖水聲，但大家一聽到就急急忙忙地向系館跑去，應該是不會錯的了。

我看了看錶。

錶？沒錯，它還是「兩根針，分長短，長針走得快，短針走得慢，不管快或慢，走過去，不……不回轉……」，不回轉嗎？我的天啊！它們簡直是在跳舞，忽前忽後的，有時還完全不動！

這裡的磁場一定跟原來的世界很不一樣。

「#@%#%$#&*」一顆三人從餐廳出來，向我打招呼，一邊朝著系館走去。

「……」這次我可不敢應答，跟在他們身後走著。

我不知道爲什麼要跟著室友去上課；我下午還有課，但是既然我不屬於這裡，好像也就不必太在意蹺課的事，因爲我馬上就要走了。

但是我感到不安。

在我還沒搞清楚這個世界是怎樣子的一個世界之前，跟一顆他們在一起會帶給我安全感。

雖然我口口聲聲稱它作魔界，但也只是因爲一時之間找不到適當的名詞罷了。

這個世界看起來好像沒有什麼不同，我的朋友是同樣的朋友，我的T恤也是原來的那件，我的錶也還在……雖然它瘋掉了。我必須比我的錶還要冷靜，像它那樣轉來轉去是不會轉出辦法的。

這個世界的成員跟關係應該都和我生活的世界一樣吧，在這裡，我還是我，我的親人也應該是不變的，所以，要是一切都極爲相似，我應該不會被從地底突然冒出的魔界植物呑掉才對，也不會從空中下起硫酸雨吧。

改變的，好像只有語言吧！

阿康搭著我的肩膀說著我聽不懂的怪異聲音，雖然他跟一顆、石頭的爽朗笑聲令我覺得挺親切的，不像是撒旦的手下，但是嘰哩咕嚕的，我一句也聽不懂。

這個世界用的語言跟我的世界不一樣啊，但似乎沒有什麼傷害，就好像去非洲旅遊一樣語言不通罷了。

根據我看科幻電影的心得，此時要是有倪匡唸旁白，他會說這個世界跟我的世界的次元應該是平行的，就好像兩張紙疊在一起，而上面的紙被我弄破了一個小洞，於是我就掉到下面那張紙了。也許疊在一起的時空不只兩個，而是一千個，而每個都有一點不同的地方，很可能也有用頭走路的世界。

這兩個時空的差別就是使用的語言吧！

一定是這樣子的。

至於我是怎樣弄出了那個小洞的，我想那就是我待會上課的任務了，反正一定聽不懂吧，多的是時間思考。

四個人大大方方地走進教室，找了最後面一排坐著。石頭一坐下就趴著午睡，嗯，果然是兩個平行的世界。

我拿出空白筆記本，開始回憶昨天做過的事。

我按照時間順序列出所想到的一切事情。我並不是只列所謂特殊的事，因爲我沒有把握哪些是屬於有力量產生突破時空力量的，哪些不是；我也盡量寫出這個星期發生的事情，再加進氣候，月亮形狀等自然因素，越詳細越好，好從中找出一些規則。

也許我不只要重複一天的份量，而是要重複一個星期的份量；或者根本不該重複，而是要完全相反，重複的結果可能會使我再次挖出一個時空缺口，進入壓在下面的第三個時空；完全相反的事件也許可以產生向上提升的力量，拉著我爬回原來的世界。

我思考著。

我感到自豪。

在同學的眼中，我是個怪怪的人，父母總是罵我愛胡思亂想，但是遇到這麼奇怪的事情，別人一定會很快就被逼瘋了，而我在驚嚇過後，能馬上進入解決問題的狀態不說，還徹底接受這一切，以卓越的冷靜與敏銳的分析試圖突破困境，欲憑一己之力穿梭時空，我真是太帥了！成功的話我就是自由穿越時空的偉人了，一定是有史以來最偉大的偉人！

07 天才

老師在上課。

面對老師的胡言亂語，我已有心理準備，包括他用粉筆在黑板上狂亂地塗鴉。說的語言像噪音，寫的字果然也是歪斜扭曲，看到前排的書呆子用力地抄筆記，我總算是笑了出來。

我的竊笑吸引了老師的注意。

教授轉過了頭注視著我，劈里啪啦地對我發出一串怪聲。

我當然聽不懂，只好低下頭裝出正在懺悔的樣子，他應該在罵我吧!?

教室一下子變得很安靜，我

抬起頭來，發現大家都在注視著我，教授則是一副欠扁的鳥樣，拿著一枝粉筆向我遞過來。

要我上台解題嗎!?噢——別開玩笑了，在我的眼中只有一堆軟塌無力的不規則線條躺在黑板上，要我幫忙擦黑板的話我倒是很樂意的。

教授搖晃著粉筆，臉色越來越陰沉。

怎麼辦……走出教室嗎？我用的語言跟你們的是完全不同的層次，開口說：「我不會。」也不會有人聽得懂，走出教室的話雖然太尷尬，但是也沒辦法了，這個教授出名的固執，一定會在我面前搖他的粉筆一節課的，這樣我鐵會被眾人的注目壓死。

我拿起背包站了起來，跟教授鞠了個躬，滿臉通紅地向門口走去，這時教授突然抓起我的手，生氣地發出一團噪音，我渾身燥熱，他媽的老頑固，在這個世界還是一樣的渾蛋！

此刻不意瞥見大家都以一種不解與同情的眼神看著我，心頭不禁恚怒。

原本糊裡糊塗地掉進這個狗屁不通的世界就已經夠機車了，科幻電影裡別人回到過去當了未卜先知的天才，或到了仙境去爽他媽的，爲什麼我就這樣倒楣！我已經夠振作去想辦法離開了，卻又發生這麼狗屎的事情。

我臉上一熱，拿起教授手中的粉筆，怒氣沖沖地走上講台，模仿教授剛剛疲弱的筆跡，散漫地塗鴉了一堆垃圾後，悻悻然回到了座位，回座前還不忘對著教授大聲罵了句三字經洩恨，手裡抓著背包，準備隨時逃離災難現場。

不料，教授端詳了黑板上的塗鴉後竟點了點頭，走下講台拍了拍我的肩膀，讚美之情伴著一堆噪音籠罩著我。是諷刺嗎？不會眞的矇中了吧!?

接著，教授在黑板上塗鴉了一陣，又將粉筆交給了我；我無助又無奈地站在黑板前，顫抖著亂畫了一陣便不安地下台了。

這時教授眼中充滿了驚喜與讚嘆，又發出一陣子噪音後，教室裡突然爆起一陣掌聲，每個人都以一種看待未來天才的羨慕眼神注視著我。

怪怪——難道剛剛兩題我全都飆對了!?我甚至不知道那是什麼狗屁問題啊！

我快快地接受了潮水般的掌聲與噪音般的祝賀，腦子裡卻在思考另一件事。看樣子我是眞的回答出正確的答案，而且從龜毛教授的讚美眼神中可以知道是很困難的題目，太不合理了。

等等，有點古怪。我爲何會買到豬排便當!?

中午的時候，我亂七八糟地跟收銀小姐買便當鬼扯的結果，是得到了超額的金錢跟紙片，還有一個豬排便當……難道……那也是矇中的嗎?還有，我跟一顆他們從宿舍一路「聊」到餐廳，中間有說有笑，有說有笑……表示他們聽得懂我說的話!?

我隨便出聲就會有意義，而且居然能切中要害!?甚至能準確地猜中困難的學術問題!?是這個樣子的嗎!?我雖然聽不懂這裡扭曲的語言系統（好吧!是噪音，而且沒有系統），但是別人卻可以了解我發出的任何聲音中連我自己也不知道的意義!?

08 酸梅湯

下課了。鐘聲是打破玻璃的聲音。

我在一顆三人的簇擁下回到了寢室，但是我一點也不想待在裡面，室友們的交談聲就像用指甲拚命去刮黑板所發出的聲音一樣刺耳，我腦袋裡很亂，有很多細節需要釐清，隨便應付幾句（我是說，隨便怪叫幾聲）就騎摩托車出去逛了。

我邊騎邊思考。

是好運？還是厄運？

到目前為止，一切看起來是對我相當有利的；如果我隨意亂寫一通就可以回答出教授困難的問題，要考上研究所應該也只是塗塗抹抹就可以上榜的吧？以後工作也只要隨隨便便大筆一揮就可以輕鬆交差，那眞是太讚了！

嗯，說不定我不要回去會比較好……我會來這裡搞不好不是因為我不小心做了什麼穿越時空的事，而是上天有意的安排。這裡眞是懶人的天堂。

我發現我在微笑，我眞是樂觀。

我騎到一個十字路口，一個沒有紅綠燈的十字路口。

是有一座紅綠燈在那裡，但是我不承認它是所謂的紅綠燈，畢竟它的燈光閃爍得太隨性了，有時一秒換一個顏色，有時十幾秒換一次，而且顏色也不一定，黑的、藍的、紫的、咖啡的……簡直在跳舞！

我看了手錶一眼，恭喜你，你找到同伴了。

我當然不知道，在這個邪惡的號誌下要怎麼騎過這詭異的馬路，只好跟在大家的屁股後面走，一路上，又發現許多店家的招牌都是神經質的符號，大家的車牌也一樣，還有一點，好吵。

有點塞車，大家的喇叭聲此起彼落，說有多難聽就有多難聽，幾乎每一台車子的喇叭聲都不一樣，有的是大鼓聲、有的是女人的尖叫聲、有的像電鑽聲、有的很難分辨，像是地獄裡的神秘噪音。

「幹你娘老雞巴——」還夾雜著我的三字經，但這一定是目前爲止最好聽的了。

算了，我還是停下來好了，繼續這樣下去我的耳朵一定會爛掉，然後繼續潰爛到我的大腦，侵蝕我的神經系統，接著我的細胞會一個接一個爆炸，從我的皮膚滲了出來……我的語氣跟內山田簡直沒有兩樣。

我停在一家在正常世界裡賣珍珠奶茶的小店外，心裡猶豫著；我想喝薄荷奶茶，但我飆對的機率應該是零吧……OK，SO WHAT!?我拿了那張中午學校餐廳收銀小姐找給我的五百元給店員，隨意咕噥了一句廢屁，想說點到什麼就喝什麼好了，反正這家原本應該叫作休閒小站的店沒有賣大便汁。

幹！那個店員接過我的五百元鈔票後，居然傻呼呼地不動，且一臉的疑惑，操你媽的！你不要跟我說不夠喔！別跟我說五百元在這裡不是錢！我中午還拿標準的一百元買過一個便當！

等等……既然中午時我拿一百元買一個便當，被找了這張五百元跟兩張名片，還有一張塗鴉的紙片，表示……這裡的幣制也亂掉了！

對呀！既然語言不同，一百元跟五百元的符號當然也不同……

我只好拿出那張塗鴉的紙片跟那兩張名片放在掌心，遞給店員自己選；最後她拿走了一張名片，交給我一杯飲料。

我喝了一口。

幹你媽的！

是熱酸梅湯！我最痛恨酸梅湯了！大熱天喝什麼熱酸梅湯！

我要回去。

我決定要盡一切力量回去。

09 保險套

打個岔，你知道我寫到這裡，花了多久的時間嗎？

四個月。

也就是說，前面短短幾頁的故事，耗盡了我絕大的精力，但也因爲每天持續不輟地寫作，再三地修改，使我的理智暫時得以能苟延殘喘。

接下來的故事，超過任何人所能想像的駭異，而按照我的退化時間曲線來看，預計要用掉半年的時間，我的退化速度是目前唯一規律的事。

在我下定決心要回到原先的世界以後，我便趕緊按照筆記本上所紀錄的事情重新做一次；這裡簡單列出掉入魔界的前一天我所做的事情跟自然條件：

早上——沒有早上，因爲我睡到十二點半。大便，約一個手掌長。

中午——沒刷牙，吃了兩個麵包加鮮奶。天氣晴。

下午——蹺掉怪老子的線代去看漫畫，看到五點多。天氣微陰。

晚上——吃烤雞排跟薄荷奶茶。到辯論社跟學弟妹玩牌。月圓。

深夜——宵夜是臭豆腐。上網跟女朋友聊天。寢室第一個睡覺。

爲了把握任何機會快一些回到原來的世界，我把那杯該死的熱酸梅湯捐給流浪狗後，就趕緊去看漫畫。說不定只有下午以後的事才有影響。

我在漫畫店裡待到五點多後，就準備去買烤雞排跟薄荷奶茶。

實際上，我只是捧著漫畫書隨便亂翻罷了，別說裡面的「文字」一副陽萎的樣子，畫面更是詭譎乖張，只是圖形的重疊或扭曲的空間感，我看了幾秒便覺得心情煩躁不耐，但又不敢不看，只好看著畫面想別的事，努力撐到我自認的五點（yes，我的錶瘋了）。

買烤雞排花了我另一張名片跟那張塗鴉的紙片，老闆還找了我一塊軟墊板跟一個用過的保險套。

要成功地買到薄荷奶茶就是一項很有挑戰性的智力測驗了，因爲奶茶店的產品很多，不像雞排攤販那樣親切地只賣雞排。

我決定裝成聾啞人士，爲了不被下午那個白痴店員認出來，我到了另一家店；我拿了軟墊板跟那一個臭得要命的保險套比手畫腳了一番，裝出一副好清涼的樣子，還扮成乳牛後，終於換得了一杯堂堂正正的薄荷奶茶跟一張擤過鼻涕的衛生紙——我是說，希望它眞的是張擤過鼻涕的衛生紙。

想到若我要一輩子裝瘋賣傻外加幸運才能買到想要的東西，我就催緊油門衝回學校跟學弟妹玩牌。

痛苦的玩牌過程。

牌面是預料中的怪異，但是玩法卻是前所未見的，我搞不懂什麼時候該輪到我出牌，該出幾張，但不論我如何隨性地出，大家都能有說有笑地繼續玩下去；有一次我發火，剛剛發完牌

（有時拿到五、六張，有時卻拿到三十幾張）後，就一次把牌都出光，結果我就這樣贏了，贏了三張紙屑跟一個插座。

有時第一個出完牌的反而是輸家，我知道，因爲學弟逕自把那張該死的衛生紙給拿走。謝天謝地。

什麼是真正的英雄？
有沒有真正的英雄？
我不相信有
而且
我也不打算製造一個

10 插座跟插頭

終於，在昏亂的自我麻醉後結束了玩牌。

買宵夜時我決定做一個小實驗，因爲之前的購物經驗難免讓我有「什麼東西都可以是錢」的想法，所以，我決定用一堆垃圾讓我吃到一頓臭豆腐。

再度騎車出學校來到臭豆腐店，一家只賣臭豆腐的好店。

怪叫了幾聲點了一盤很臭的臭豆腐後，便一邊看著電視上噪音不斷的靈異節目；應該是靈異節目吧，比起中午的新聞播報，畫面的錯亂與不協調轟炸著我早已脆弱不堪的中樞神經。火速吞完我的宵夜後就開始我的交易實驗。

我閉上我的鳥嘴，掏出了一隻臭襪子跟我的親筆塗鴉交給老闆，結果換來老闆一臉的大便……怪怪——用過的保險套都可以當錢了，不要把我當白痴！

沒辦法，我只好拿出學弟妹玩牌輸給我的三張紙屑跟插座。

老闆還是不收！

錢啊！你給我看清楚點！是錢啊！這可是我裝瘋賣傻贏來的錢啊！

「^#%@#$=@—&**+」老闆怒氣沖沖地鬼叫。

OK，OK……我可不想在警察局裡跟人民保母鬼扯，我得趕快生出錢來。

原子筆蓋？

「@—$#%#$@#%^」

眼鏡盒？

「—@#^%&*&($#$@#$)」

卡呸！諾……新鮮的衛生紙加痰。

「%^#$%^%*^(^#)」

「……」

以上的過程持續了十幾分鐘，我像一個白痴一樣地亂湊些廢物給老闆，終於，最後以剛從球鞋拆下的鞋帶成交，找回了兩根圖釘跟一個插頭。

現在我的插座有了一個插頭搭配，看起來還不算太壞。

回到了寢室，阿康不在，石頭跟一顆同以往一樣邊上網邊聽音樂。

好吵的音樂，兩個世界的伍佰的程度相差如此之大。

我打開電腦，果然不出我所料，除了鍵盤上的字母我不認得外，視窗的圖示跟文字也一樣令人心碎。

我痴呆般地等著，趁著一顆去洗澡的時候，接替了一顆正在使用的網路，隨便找了一個人，用了十幾個鍵嘗試後，終於跟他聊到了天，亂七八糟地敲打了一陣便結束了「談話」。

躺在床上，可以睡覺了。

其實，我不是眞的完全相信我所想像的理論，因爲一切都超乎我的想像卻又如此眞實；對於回到原來的世界的方法，我完全摸不著頭緒，但是既然我無聲無息地來到這裡，也許只是時空錯置的偶然吧，大概不需要做什麼相同的事或相反的事，只要乖乖再睡個覺，明天醒來一切就會回復正常了吧！

神經了一天也著實睏了，沒有力氣去擔心什麼，我便呼嚕呼嚕地睡著了。

11 枯萎

等我醒來時，大概已是中午了吧。
我看了一下手錶。
還是一樣不停地飛轉！
我的心一下子沉了下去……也許，只是磁場的影響尚未消退吧!?
我忐忑不安地爬下了床，拿著杯子跟牙刷去浴室刷牙，每一步都走得心驚肉跳。
靜靜地刷牙。
「!‧@$$&%$@@$*(&)」這時，兩個男生蓬頭垢面地走進浴室，自顧自聊天著。
我吞了一大口冰涼的泡沫，兩腳發軟，瞥見牙膏上的字……本來應該寫著黑人牙膏的……現在卻是一堆我不認識的古怪符號……
我哭了。
剛好是在浴室，於是選了一間進去哭個夠。
我好害怕，心裡空空蕩蕩的，我該怎麼辦？
沒有人可以聽得懂我說的話，我也無路可退，眼淚不停地落下。
我發現我全身都在劇烈地顫抖。
不知道哭了多久，我的恐懼完全沒有消退，反而更恣意地折磨著我；但漸漸地，一股忿忿

不平的怒火炙燙著，我一邊踢著門板一邊歇斯底里地狂吼……

等我哭紅了眼睛跟啞了嗓子後，我枯萎了。

我像蝸牛一樣蜷在浴室的角落裡，無知地盼望有人會拿著手拉炮衝進來，勝利般地拉炮、開香檳，把我架起來吆喝歡呼，慶祝一場偉大的陰謀……

蜷了一個多小時後，我蹣跚地走出來；外面的天氣眞好，大家都很有精神地忙著、閒著、胡說八道著，只有我，我的心靈蜷縮在只能容納一個人的小殼裡，吐著白沫將洞口糊上。

接下來的幾天，我失去靈魂般做盡所有可能的嘗試。

我老老實實地重複了事發前一天所做的事，第二天醒來，一聽到阿康放的音樂就又昏倒了。

於是我重複了一個星期的份量，一方面想增強磁場的效應，一方面在不斷重複的過程中將誤差縮小，但也徹底失敗。

再來，我將各種自然條件跟時段的交換加入考慮的範圍，雨天做、月圓做、下太陽雨的怪天氣也做，有時把早上做的事拿到晚上做，中午做晚上的事等等；如你所見，我並沒有成功。

最後，我開始作完全相反的事情，這個難度就相當高了，例如，我本來吃烤雞排跟薄荷奶茶當晚餐的，要怎樣吃才算相反呢？我用的方法不算高明，不是完全不吃它們，就是吃的順序相反（改成先喝完奶茶再吃烤雞排），要不然就是吃烤鴨跟別的奶茶。

雖然定義上有困難，但我絕不放棄，爲了盡量做到完全相反，我強迫自己當一個努力用功的好學生，我每天都不蹺課，每天讀書到凌晨以確保最後一個就寢，對了，讀書是很痛苦的，但為了做一個上天疼愛的乖孩子，只好把自己丟到一片沒有意義的深海裡，看著抽搐的「文字」，時而昏沉，時而煩亂，有時甚至暈倒吐了一桌子。

然而，做完全相反的事比重複完全相同的事要困難許多，因為乖孩子不好當，所以我只支撐了兩個星期。

當然了，這是一封求救信兼遺書，所以說這愚蠢的方法也沒能讓我逃出這個詭異扭曲的空間。

只有求神了。

到各個廟宇拜拜跟到教堂祈禱，變成我心靈唯一的寄託；雖然神像看起來絕對是正常世界裡的妖魔鬼怪（扭來扭去的表情跟身體，張牙舞爪的姿態），但卻是我傾訴的對象，當然，我也只是隨意傾訴一下就逃跑，因為廟裡跟教堂裡的誦經聲跟聖歌，比一般的噪音更加地沒有規律，充滿了令人就地發瘋的魔力。

12 秩序跟符號

在我不斷嘗試掙脫這個可怕的世界的同時，我也跟這個世界的一切相搏鬥。說搏鬥實在是太抬舉我自己了，因爲在這個與一切疏離的世界中，我的孤獨突顯出嚴重的無力感，且事實上，在來到這魔界的一個星期後，我就幾乎完全放棄逃脫的希望，雖然表面上我仍然持續地進行重複與相反的過程，但內心深處早已失去了期待。

所以，與其說是搏鬥，不如說是努力適應。

在這裡，我要說說我所發現的關鍵。一開始會有些複雜，但是請耐心看下去。關鍵是秩序跟符號。

這裡的一切似乎都沒有秩序，但是卻又好像不是如此。

這裡使用的語言並非眞的是語言，並非只是一個使用不同語言體系的世界，因爲一切都完全沒有意義，不僅僅是語言，整個符號秩序都混亂了。

在原先的世界裡，我們說「謝謝」以表達對某人的感激，說「你好嗎」來問候對方，我們的語言是有意義的；但在這個空間裡，意義幾乎不存在，然而這並非意味著無法溝通，溝通當然是有的，但卻是很慘的那種，不管我如何發出怪聲都有它的意思，但是我本身根本無法掌控，我發出的溝通可說是無意識的。

來到這個世界的兩個星期後，我已經意識到我很可能永遠都會困在這裡，而雖然不論我如何誇張地聒聒亂叫，別人都能理解並與我繼續對話，但這種嘴巴與心靈完全割裂的變態溝通，我已經感到十分厭倦。

於是我開始嘗試學習他們的「語言」。

我暗中記下了一顆說的一句「機魯哭不八哩八撒可」，那是有一次他跟我打招呼時說的；怪的是，當我第一次用同樣的怪腔調跟他打招呼時，他就開始生氣，但第二次他卻掏出一塊軟墊板跟糖果紙給我，笑咪咪的。

還沒完呢，後來我發現他每次打招呼用的字句都不一樣，有時是「乾啦機漆黑黑乎」，有時則是「咿——撒地魯」，而且從未重複過，這顯然是一種相當隨性的亂叫，完全沒有辦法學習。

有一次，我順利買到烤雞腿堡時，馬上記下我剛剛隨口亂叫的字句，但是隔天我再去同一家店唸出同樣的字句時，他卻給了我十包薯條。

到底一句相同語氣、相同場合、相同對象的詞語，爲何會有許多不同的意思？根本無法看破其中的奧秘！

因此沒幾天我就放棄了學習，但是心裡卻突然有一個新奇的想法。

爲什麼在這裡一切都看似無意義，但是別人卻都能了解我說的話呢？甚至了解連我自己也不了解的話呢？

有沒有可能意義仍然存在，只是我無法摸透？因爲其他的人可以做到而我不能的話，那問題應該是出在我的身上吧!?

就如同我說的，這個世界掌握意義的方式跟我在原先的世界裡所使用的方式，是無法連貫或相包容的，所以，按照這個邏輯，要適應這個環境，就必須跳脫以前我看待語言的方式，但是該如何做呢？我仍然找不到答案。

但是這個世界可怕的地方，不只是語言沒有系統與毫無意義（至少對我而言），更駭人的是，它所有的符號使用也完全沒有規則可言。

13 亂掉了！亂掉了！

鐘聲、喇叭聲、垃圾車的音樂，稀奇古怪就算了，還每次都不一樣，而且不約而同的是，都是超級的紛亂。

時間，這裡沒有時間概念……這樣說不對，只有我沒有這裡的時間觀念，大家的手錶都是瘋子，指針逆轉、飛轉或停滯，卻只有我不知道怎麼看懂它，只好傻不嚨咚地跟著大家的屁股後面上下課。

當然，這裡的娛樂跟我完全無緣。

漫畫的恐怖說過了，電視節目有一半以上都是雜亂的訊號跟影像，電台所播放的音樂更是妨礙身心健康的爛東西。

紅綠燈、街道上的任何標誌、交通規則，全都是狗屎！我也只好隨著大家的節奏乖乖跟著，但是大街上的恐怖喧鬧聲卻令我心煩意亂，幾次都差點出了車禍。

反正只要牽涉到象徵的符號，只要跟規則有關，這裡全部都亂掉了！亂掉了！亂掉了！玩牌不知道在玩個屁，打籃球不知道何時投進自己的籃框是扣分或加分，或什麼時候可以用腳踢球，買東西的時候，不知道什麼東西是錢但是什麼時候這個東西又不是錢！

規律亂掉了可以重新學習，就像入境隨俗一樣學習不同的文化，但是狗娘養的是，這些規則這一秒鐘是這副德性，下一秒鐘卻又不算數！

我承認在其他人生活都沒有問題的情形下，一定是我太白痴，但是這沒有什麼不同！我無法進入這個沒有所謂秩序的世界！

雖然有時候我仍會在黑板上亂寫，回答教授的問題博得讚美與掌聲，但是也常常反而被罵得狗血淋頭，雖然我不知道他在罵什麼，但是我心中的尷尬跟羞愧卻是沒有分別的。

考卷發下來就亂寫一通，發考卷時也看不懂我的成績到底如何，我無法學習與表達，卻常常意外地得到鼓勵或臭罵。

最痛苦的是，我跟我女朋友相處的時候。

在正常的世界裡，我幾乎每天晚上打電話給小釧，但在這裡，我總是無法撥對正確的電話號碼，數字是我不能理解的符號，雖然就算真的撥對了，我也一定不知道我跟小釧究竟在聊些什麼，但是我愛她，就算在這個陌生的國度裡，我也不願失去她。

所以我一開始每晚都在公共電話亭亂撥一通，嘗試看看。有一次居然讓我飆對了，我仔細記下那些按下的符號的位置跟順序，但是下一次撥的時候卻撥到一個老三八的家裡。

我說了，根本沒個準。

小釧平常在台北唸書，假日會來跟我約會，當然了，在這裡怎麼算假日我可摸不清，所以我常常沒有去車站接她，讓她非常生氣。也因爲晚上沒有打電話給她，所以當她來找我時，總是一臉要分手的樣子；每次我都拚命發出怪叫來哄她，有時小釧破涕而笑，躺在我懷裡呵我癢，有時猛然甩我一巴掌，我不怪她，天曉得我說了什麼傷人的話。

我不知道因爲我說了什麼，讓小釧更愛我，我也不知道我說了什麼，讓小釧傷心涕泣；我

眞正的愛意無法表達，但是卻莫名其妙地取悅了我最愛的人，我想努力維護我倆的感情，但是卻無法訴諸以所謂的溝通。

題目：(1) 自投羅網
(2) 請君入甕
(3) 自暴自棄
我想是 (1) 吧——

經濟學畫出了慾望平衡的交點
藝術彩出了人性的陷落與失衡
我，為了小說的格式無病呻吟
拚命呻吟。

14 無限程式迴圈

寫到這裡，我總共花十一個多月，都怪我太晚開始寫下這一切，要是在事情發生後一、兩個月就開始寫的話，我應該幾天就可以完成了。

囚在這個鬼地方，已經一年又五個多月了。

說說現在的我吧；我畢業了，雖然我是到了畢業當天看到大家都穿著學士服的時候才知道的；這中間我錯過了研究所考試，不過不需要替我難過，因爲教育或學歷對我來說早已毫無意義，教室裡只剩下黑板上凌亂的符號，畢業證書也只是一瓶橘子汽水。

我找過幾份工作，幾份科學園區的工作；雖然我只是大學畢業，但是面試時亂七八糟地吼幾句，就讓我得到這些令人覬覦的好工作；不過我現在都離職了……

我完全不知道我的工作在做些什麼，每天只是上下班，在電腦前亂敲亂打一通，偶爾被上司召見，彼此嘶吼一番，或在紙上塗塗鴉，就這樣過了一天。

我無法融入這個世界的意義裡，也無法在工作中找到自我，我想到，雖然我不懂得這個世界怎麼運作，但這不代表我也跟著失去意義了，在別人眼中我也許是個工作勤奮的傢伙（因爲我搞不懂上班時間變動的不規律中的規律，只好天天早到晚歸），但這種工作讓我變成了廢人，我只會在孤獨中更加的孤獨。

於是我離職了，因爲我不知道怎麼正確地寫封辭職信。

我找了家小吃店工作，這裡賣些簡單的飯跟麵，但我聽不懂客人要吃什麼，也分不清什麼是錢，所以我負責的只是收拾跟清理，在這裡我很少開口說話，只是默默地做事，肚子餓了就自己弄些吃的，至少，不必每天都在爲該怎麼付錢跟該怎麼點對東西而煩惱。

可以掌握到一些「選擇權」是令人欣慰的，況且，這種簡單的工作讓我清楚知道自己應該做些什麼，它讓我覺得自己還算是個有用的人。

不過，在這段日子裡，我腦袋的退化情形越來越嚴重；之前我就不斷地重複這件事，我現在要花點時間解釋一下。

你知道你是怎麼思考的嗎？思考的時候你會有意無意地在心中自言自語嗎？

我喜歡把跟自己說話當作思考的重要過程，在這個古怪的世界裡也是一樣。

但是我現在幾乎快要沒辦法這樣做了。

在馬路上騎車的時候，都是紛亂的喇叭聲，在街上亂晃的時候，不管是吃東西或買衣服，耳邊原本應該是店家播放的俗艷流行音樂，現在卻是陣陣魔音灌腦，無秩序的噪音在我的腦中形成一個無限程式迴圈，即使在我離開喧鬧的市區後，那惱人的無節奏垃圾音符依舊在我腦中執行播放的命令，一遍又一遍混亂著我的思考。

日常生活中的詭異「對話」也是一樣，雖然我已經盡量少開口了，但是有許多情形仍不得不「溝通」一下，我被迫聽著別人聒噪的叫聲，也被迫發出歪七扭八的噪音回應，久而久之，即使身處寂靜的斗室中，我的心靈仍擺脫不了噪音的糾纏。

這可不是普通的噪音啊，那像是有生命一樣，刻意地在我腦中盤據寄生，一次次催眠著我，本來以爲，只要我不接近電視或音響甚至人群，我就可以偷得片刻的安寧，但是我的心靈深處卻早已播下惡魔的種子，在寧靜的環境中化作響徹雲霄的耳鳴，轟炸著我的前庭、半規管，接著，我的思考也無法連續了。

Why？因爲沒有能眞正談話的對象，自己也被迫成爲一個無意義製造者，腦中又老是充滿無法解除的噪音迴路，如此，我逐漸失去自言自語的能力，思考模式無法以語言的形式進行，只剩下基本的邏輯推理，但是這個世界並沒有邏輯可言，迫使我的自我處於漸漸迷亂的狀態。

15 尊嚴

在幾乎失去一切符號意義的世界裡，我的語言邏輯逐漸崩解，我開始結巴，而且越來越嚴重，雖然沒有人會在意我是否結巴；他們只在乎我會不會發出瘋子般的怪叫。

本來我以爲結巴已經是最慘的狀況了，直到我發現我的數字觀念也模糊了起來。

有一天我開始計算我在這世界待了幾天時，突然發覺我的數學陷入了一片死海，數字的十進位式邏輯突然從我的腦中抽離，我感到被剝奪了些什麼，平靜取代了恐懼，以眼淚的方式。

那個晚上我在南寮漁港的海堤上哭了一整夜。

既然回不去原來的世界，那麼留下這些可有可無的邏輯跟語言能力，又能怎麼樣呢?!我是不是貪戀著所謂的身外之物!?如果失去了這些邏輯觀念，說不定我就能與世沉淪，說不定我就能融入這詭異的無規律世界？我會比較快樂？

想一想，原本就是這些爛東西害慘了我，我帶著根深柢固的邏輯來到這裡，放不下它，竟是我獲得新秩序的阻礙？

如果是一個嬰兒的話，他一定能在這個我認爲崩潰扭曲的國度裡生活得很好吧！他，能單純地跟一切同時成長，而我卻揹了沉重的包袱，哈哈!?

但我一點也不想再失去任何東西了！

海堤上，我想起了鄭南榕，一位可敬的言論自由鼓吹者。

鄭南榕跟國民黨政權搏鬥時，說過：「國民黨抓不到我的人，只能抓到我的屍體。」所以他後來自焚了，把自己燒得一塌糊塗。

爲了理想，人可以犧牲一切，連身體都可以毀滅。

我沒那麼偉大，但是我也有絕不能割捨的尊嚴，那就是自我。

如果我不能思考了，就跟蚯蚓一樣，只能靠本能生存，以後的人生，也只是在一連串的隨機與意義不明中掙扎，我將被無知地整合，我永遠不明白我會吃到什麼東西，不知道對方的感受，不知道我的親密愛人許下了什麼甜美的諾言，最重要的是，我將失去反抗的意識。

社會學家傅柯（原諒我忘掉他的原名，因爲我的英文除了fuck以外都忘光了）說過，於權力扭曲無所不在的世界裡，我們必須保有批判的能力，即使知道現狀不可能改變，即使反抗無用，我們也必須保有反抗的意識，至少我們必須知道壓迫跟扭曲的事實。

隨著我認知結構的瓦解，我的自我必將永恆地消失，我成了動物。

動物不懂反抗。

也許我的人生將會完全地不可預測，完全跳脫意識的掌握，但是我有權利痛苦——因爲那是自我存在的證明，我至少還能爲自己悲傷。

所以我下定決心，絕不讓我的語言能力跟邏輯規則離我而去。

如你所見，我每天晚上都從一數到一千，並記錄所使用的時間；我的錶瘋掉了，我便找來了一個沙漏，不停地翻轉計時，再以「正」字做記號，每翻轉一次約五分鐘，便劃上一筆；我每晚都盼望著能有所改進，事實卻正好相反。

但在我開始寫下這奇遇記後，我就停止數數了，因爲那樣會把我晚上的時間都佔滿，也太累人了；不過沒關係，數數字太困難跟無趣，我反而蠻享受寫作的過程，雖然我下筆前思考的時間已經越拖越長了。

16 求救

雖然很不願意承認，但是我快要死了。

當我的心靈完全遺忘我所認知的一切後，我就會把洞口用唾液封起來，把我的心靈糊在窄小的蝸牛殼裡，讓我的屍體隨著沒有意義、沒有規律的符號世界跳舞。它會跳得非常好，我知道。

希望，我不敢想，只是想爲我的存在留下蛛絲馬跡，但如果，要是這是眞的的話，我是說，若你看得懂我寫的一切，請你務必要與我聯絡，越快越好，我賺的錢可不夠我每天都將求救訊息登在報上，務必！務必！

寫到這裡，心裡突然亢奮起來，也許眞的會有奇蹟發生吧，本來嘛，我會到這裡就已經非常莫名其妙了，所以會有奇蹟出現我也不會意外的。

希望吧！雖然我知道你會看到這封信，也一定對逃出這個世界的方法一籌莫展，但，要是有人可以證明我沒有瘋掉的話，或是有人可以陪伴的話，總比一個人孤獨地面對這一切要痛快得多。

要是，你是在正常的世界裡看到我這封信的話，雖然我不知道它怎麼又會穿梭時空的，但請你通知政府，請他們組派一支搜救特攻隊來救我吧！這裡一定有很大的科學研究價值跟秘密，也可以解決核廢料處理的問題（都倒來這裡吧，在這裡它搞不好可以當錢用），也許用核能或雷射可以切割出時空的破洞，也許一千個人一起集中念力也可以辦到，破洞的最佳位置也許是在交大八舍一一六室左邊第一個床鋪（我就是從那裡來的），總之一定要試試所有的方法，我的命運都靠你了。

無論如何，我現在清華大學對面的夜市裡工作，正確的位置是在正常世界裡，休閒小站的隔壁一間小吃店，我的頭髮捲捲的，平常一副死魚臉，不管同是受難者或是特攻隊，都請儘快找到我。

時空罹難者　柯宇恆
二〇〇二・五・二十六

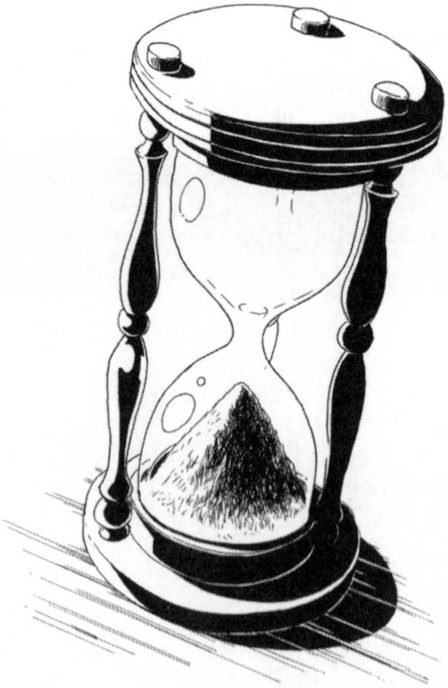

恐懼炸彈

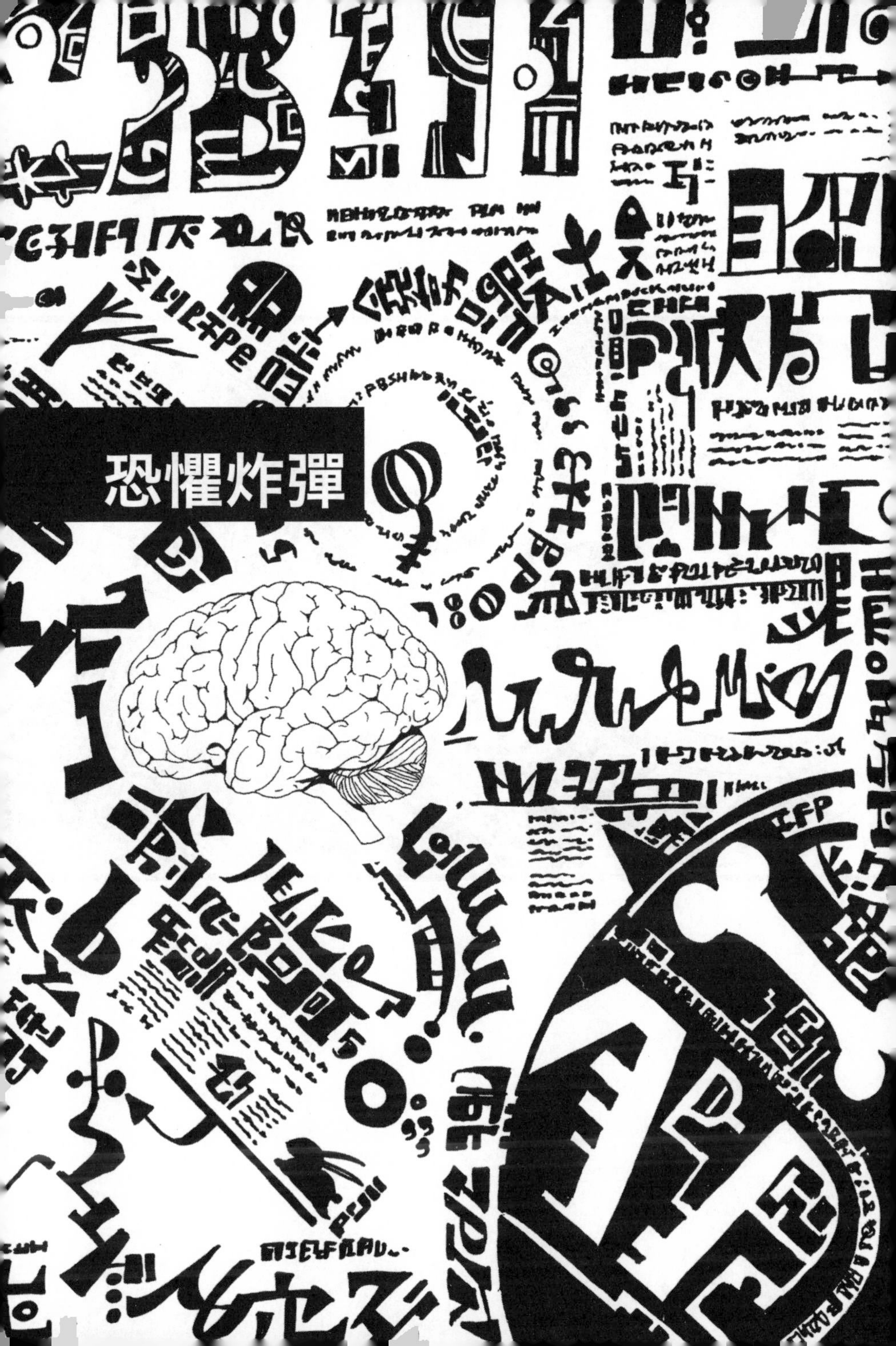

01 勃起

居然……居然眞的有這種事!?

我果然不是神經病！

緊緊抓著手中的報紙，心中的震撼久久不能平息，腦中，簡直一片混亂。

來到這個鬼地方已經快三個月了，幾乎完全放棄任何希望的我，現在終於有了保持理智的理由。

登在報紙的廣告欄裡，眞是聰明！

但我也夠幸運的了，要不是那陣風把地上的報紙吹到腳邊，我也不會看它一眼。

因爲白痴才看得懂。

現在你所看到的，是我從今天開始寫的生活紀錄。

會這麼做，全是受到我的精神導師——柯宇恆老師的影響與啓發，柯老師面對這麼惡劣的環境還能幽默以對，甚至努力保持理智，讓我既感動又慚愧，我才來了三個月，就每天自暴自棄，也曾經想自殺過，但看了柯老師跟未知纏鬥的過程後，我才體會到了什麼是英雄。

在最深的黑暗中，才有最亮的燭光。

在最黑暗的時代裡，才能顯露最光輝的人性。

跟柯老師一樣，我也不願失去珍貴的邏輯思考，而且慶幸的是，我還沒出現邏輯障礙的現象，仔細地把柯老師所謂的畸遊記讀了幾遍後，便決定跟隨柯老師的腳步，天天記下所發生的一切，一方面維持自己的語言邏輯，另一方面，我也想留下自己存在的證明。

還好柯老師犧牲自己，記錄下這些可怕噪音對邏輯思考的影響，我才能及早開始寫作，而剛剛從一數到一千，也沒什麼大礙，不過這將變成我日後每晚的課題。

預防勝於治療。

我也不知道接下來會發生什麼事，或許就如同柯老師說的，會看到這一封求救信，多半對如何逃出這個世界也是一籌莫展吧，但是有柯老師陪著我，給我教導與鼓勵，總是遠勝每天雞同鴨講的生活。

我先自我介紹一下吧，我叫徐柏淳，綽號很難聽，叫勃起，至於這個世界裡我的外號怎麼叫，則有至少一千種叫法，不過每一種我都聽不懂就是了。

我是一個高中生，家住彰化，因爲已經高三了，照理說應該正面臨著聯考的壓力，但是考卷看不懂，老師教的東西聽不懂，在一個什麼都無秩序的世界裡，我恐怕無法升學或找到一份好工作，所以我不只負擔著考上大學（或飆進大學）的壓力，還有不能在社會上生存的恐懼。

但是柯老師放棄在科學園區的好差事，只爲了活得有意義，這種偉大的想法令我汗顏；本來嘛，我就是死腦筋，在這個亂糟糟的世界裡，我居然還有心思升學或找份事少錢多離家近的工作，卻忽略了自我的價值，我眞是窩囊。

而關於發生在我身上的一切，比起柯老師遭遇到的，簡直小巫見大巫。

由於我還是高中生，所以每天都住家裡，除了補習以外，每天都回家吃媽媽做的晚飯，家裡什麼都不缺，所以沒有「不知道會點到什麼東西」的不確定感；媽媽也會給我零用錢花（小石頭、碎布、雞爪等），加上我不知道該買什麼（買隨身聽也只是折磨自己），因此也很少有不知道什麼東西是錢而下一秒中卻又不是的窘境。

在學校裡，我本來就有夠自閉，朋友不多，大家都很愛戲弄我，這也是我的外號這麼難聽的原因。

但也因爲如此，我跟別人交談的機會也就不多，所以我只發生過少數幾次的誤會（被老師拿粉筆在臉上亂畫，被同學把我塞在垃圾桶裡，鬼才知道我說了什麼），大部分的時間裡，我只是被動地承受一切扭曲的意義。

本來我還懷疑過是考試跟同儕的壓力使我精神不正常，但是看到柯老師精闢的分析後，我才知道不是我「阿搭媽空姑利」，而是掉到了魔界。

柯老師都是對的。

02 朝聖

我現在的心情充滿了期待，而我，正在前往新竹的火車上。

好吧，我不確定這輛火車停不停新竹，就算它在新竹停車，我也認不出是不是新竹，所以也很難決定要在哪一站下車。

不過按照時間來計算，從彰化啓程後，大約近兩個小時就可以到新竹，如果那時有停車的話，就可以下車試試看。

但是現在我發覺自己太天眞了。

窗外景色的移動告訴我，火車的速度是相當不規律的，有時慢得像騎腳踏車兜風，有時快得像雲霄飛車（要是由幽默的柯老師來描述，祂一定會寫道：「眞是他媽的快」），更令人吃驚的是，它還會倒退行駛，剛剛到過的站待會可能還會回去，眞是讓人一頭霧水。

儘管如此，我仍然心情舒暢，我決定要當一個樂天派，像柯老師一樣。

如果在火車上的是柯老師，祂會怎麼做呢？

祂一定可以想出辦法的，要不然也一定不會慌慌張張；祂鐵會像鬼塚英吉一樣，蹺著二郎腿，大剌剌地咒罵這荒唐的一切！

我看著外面的景色。

青翠的山林。

注意到我在模仿柯老師的語氣嗎？

老師一句話一行的寫作風格令我著迷，眞是酷呆了，很高興我也漸漸熟悉這樣的筆調。

思考著（啊！我也好酷）。

照柯老師寫的求救信來看，老師的心靈已經瀕臨毀滅了，連數字也不怎麼會數了，眞是可憐，還好我馬上就要去救祂了，以柯老師的資質，跟我溝通練習後，一定可以很快恢復正常的，那時老師就可以傳授我強大的心靈跟偉大的思想，就像歐比王跟天行者路克一樣。

我好像在朝聖。

沒錯！柯老師絕對是人中龍鳳。

要是柯老師可以研發出回到正常世界的方法，我們就可以穿梭時空，那就跟柯老師說的一樣，我們就成了有史以來最偉大的偉人，那個時候大家就不會再把我當笨蛋看了。精神醫生還說我有幻想症跟輕微的憂鬱症，到時候我拿到諾貝爾物理學獎（穿梭時空應該是這個獎吧），就把你關到神經病院，然後再把隔壁班那個死肥豬塞到垃圾桶裡，幹！

再次把柯老師的經典求救信看了一遍；這封信的最後註明是五月二十六日，今天則是六月二日（如果按照正常的算法），因爲我平常是不看報紙的，而撿到這張破破爛爛的廣告版時，已經是五月三十日了，準備行李跟偷爸媽的錢（應該是錢吧!?）花了一天的時間，希望柯老師撐著點，您的弟子馬上就趕到了。

火車又停下來了。

該不該下車呢？

等等！我抓起行李飛快地跳下車。

我在一塊寫著地名牌子的旁邊看著，當然了，地名是歪七扭八的符號，但是旁邊卻貼著一張Ａ４大的紙，寫著「新竹」兩個深色大字，旁邊還有一小行字：

要找柯宇恆的人請速至清大夜市，小吃店跟路況的地圖如下。PS：別搭交通工具。

啊！柯老師真是料事如神，知道火車不規律的可怕，高瞻遠矚地貼上這張紙，輕易地就拯救了我，還貼心地告訴我不要碰路線歪七扭八的交通工具。

相信柯老師一定可以擊敗這個世界的。

03 格魯

出了車站，我照著地圖上的指示，很快地就到了清大夜市。

已經看到了傳說中的聖地，奶茶店旁的小吃店……

心中眞是緊張。

才短短三天不到，柯老師就成了我膜拜的對象，等一下祂親自教導我「如何在魔界中保有高貴的情操」時，我不就要感動得涕淚縱橫？

我滿懷期待地踏進這家毫不起眼的小吃店，呼吸幾乎停止了。

「啊……#$$^%$@#$#%#」

眼中所看到的，是一個抱著頭，痛苦得在地上抽搐蠕動的人。

鬈髮!?

是柯老師!?

我蹲了下去，抓著柯老師的肩膀，口中叫著：「柯老師，您撐著，我是您的大弟子啊！一切都沒事了，您醒醒吧！」

「哇——別——@$#%@%&^%$！」

柯老師的腦袋好像很痛，滿臉的眼淚跟鼻涕，祂拚命地戳著自己的頭，像是要把裡面的蟲抓出來……

「柯老師，您別怕，我也常常這樣，是不是牠鑽到後腦勺去了？我教您，以前我遇到這樣，我都拿小湯匙把牠從鼻孔裡挖出來，要不然就是撞牆，把牠撞暈了牠就不敢亂動了……不對，不是這樣，要更用力地撞……」我急道。

我頭痛的經驗非常豐富，以前常有一種叫作「格魯」的外星怪蟲寄生在我的大腦裡，吸取我的智慧跟活下去的勇氣，讓我痛得天天撞牆，最後我把酒精倒進耳朵裡，牠才從我的鼻孔嗆出來，算牠聰明早一步爬出，要不然等我點火燒爛牠就太遲了；不過醫生偷偷把牠送到美國的NASA研究，最後居然還誣賴我有幻想症，幹！

雖然我跟格魯糾纏了兩年的恐怖經驗，讓我從此拒絕跟那美克星人來往，但是這份慘痛經驗如今可以用來救柯老師，也算是……糟糕，這個時候要用什麼成語？(A)法網恢恢，(B)廢物利用，(C)舉一反三……應該是(B)吧。

當我正抓著老師的頭去撞桌腳時，卻被一個老頭拉住。

這個老頭，花白的頭髮，戴著一副金邊眼鏡，留著一叢大鬍子，嘴裡還叼著一根菸斗，眼睛瞇成一條線，故作神祕狀，噁心死了。

「這位……小朋友，你……你也聽得懂……嗯……聽得懂語言!?」

啊？

「老頭……你也是掉到這魔界的受害者!?」

「啊哈哈哈，那眞是太好了，原來眞的有同伴啊，哈哈哈也……」那老頭緊握著我的雙手，激動地流下眼淚。

件事。

這個老頭一定也是看到柯老師的求救信才過來的。我雖然也挺高興的，但是我更在意另一

「老頭……你拜了柯……柯老師做師傅了嗎!?」

「啊!?」

「ㄜ，我是說，你拜了柯宇恆先生當師傅了嗎!?」

「啊？師傅？什麼意思？」

「太好了，那就是沒有囉？那我就不客氣了！」這個老頭眞是大笨蛋，白白放掉了大好機會，要是大弟子被別人搶做了，做二弟子可就沒那麼威風了。

於是，我迅速向抱著頭在地上旋轉的柯老師跪下。

「柯老師，大弟子徐柏淳向您請安。您叫我勃起就可以了。」

只見柯老師抓狂似地用頭敲著地板，還發出奇怪的低吟。

「老師您不須要這樣多禮，那樣我會不好意思的。」我扶起了老師，老師的頭好像撞累了，全身軟癱地坐在椅子上。

「隨便點個東西吃吧，要不然老闆會不高興的。」老頭說。

也好，看柯老師這麼累，我也不好意思馬上就請教祂，肚子也餓了，於是我向小吃店老闆發出一串聲音，點了……點了不知道什麼就在老師旁邊坐下護法。

「老頭，你來了多久了啊？自我介紹一下吧！」我說。

？
嗚嗚……
柯老師！
啪
啪啪
大弟子徐柏淳向您請安。您叫我勃起就可以了。
啊啊啊啊
啊啊啊

04 八盤臭豆腐

「我？咳，我是台大心理系的教授，我姓楊，叫我楊教授就可以了。」

「嗯。老楊，你來這裡多久了？」

「……」老楊瞇瞇眼，「我說，叫我楊教授就可以了。」

「……我問，多久了？」

「大概七個多月了吧，我沒仔細算過。不過，你的說法有問題，你怎麼確定是『我們來呢？』」老楊抽了一口菸，假裝自己很有品味。

「因爲柯老師在祂的名著裡有說過，如果我們不是掉到魔界，那我們就沒有救了，沒有正常的地方回去，而且連柯老師也沒有把握可以拯救全人類。」

我看著一旁的柯老師；老師眞是勇敢，以前格魯在我的腦中吸食我的智慧時，我都要撞牆三、四個鐘頭才止痛，柯老師居然只撞了幾分鐘就OK了。

「嗯，話是沒錯，但是有兩點必須嚴正說明，第一，我們的處境不能依賴有沒有解決方法而決定，有沒有救不是精密的判斷標準；第二嘛……」老楊瞇著眼睛，「你怎麼確定這裡是不同的世界呢？會不會是，我們是所謂的精神病？」

「等一下，你怎麼都沒有問問我是誰？告訴你，不是說大學教授就一定是主角，而且，我現在已經是柯老師的大弟子了，你不會很好奇我的身分嗎？」我接過老闆端來的……八盤臭豆腐，心中就更加的不爽了。

「啊，對不起，我常常講話講到忘我，這個毛病一直都……」

「我叫徐柏淳，剛剛拜師時講過了，」我打斷了老楊，「外號叫勃起，被叫習慣了沒辦法，住彰化，高三了，曾經擔任那美克星駐地球的大使，不過那件事就別提了。」我吃了一塊臭豆腐，「你也吃啊，沒看到我那麼大方點了八盤啊，別客氣。」

「那你是什麼時候開始出現語言不通跟秩序混亂的症狀的？」老楊邊吃邊說話，那麼老了還沒有家教。

「症狀？我鄭重告訴你，柯老師有一年半的經驗，你才七個多月，所以，這裡是魔界……」我頓了一下，「還有，我最討厭別人說我腦袋有病了，你再說我就不給你吃臭豆腐了。」

不是我小氣，而是原則，從小到大只要有人說我有幻想症，我就馬上跟他絕交，所以我的朋友少得可憐；但是維持原則是很神聖的，就跟柯老師的名著裡教導的一樣。

老楊低著頭，拚命地吃臭豆腐，看來是不敢頂嘴了。

「三個月。」我說，「三個多月前的一個晚上，我在補數學的時候，因爲老師講課太無聊了，加上跟蛋捲星人玩了一天實在很累，所以我就趴在桌上睡著了。」我挾起一塊豆腐，「不知道睡了多久，突然被一陣很吵的聲音弄醒，原來是補習的中間休息時間，但是同學的吵鬧聲……你知道的，就是那麼一回事，跟柯老師形容的一樣。」

「至於我，」老楊一定是餓瘋了，一連吃掉四盤臭豆腐。「七個多月前的晚上，我在學校做研究時，因為拉肚子跑去上廁所，結果大概是老了，在廁所裡看報紙居然就這樣睡著了，醒來時，我就產生這種邏輯失序的症狀。」

「你……你又說什麼症狀——」我歇斯底里地踢倒一張椅子。

「嘿，我吃飽了。」老楊靜靜地說。

好卑鄙！居然吃飽了才又露出狐狸尾巴，幹！要當神經病自己去當，幹嘛拖別人下水！

蛋捲星人的生日是六月十五號，
當天我準備了他最喜歡的西瓜，
沒想到他卻帶來塞滿了床底的A書與我分享；
他說，在他們的星球，生日是屬於最好朋友的日子，
所以他為我帶來了豐盛的禮物。
我喜歡這樣的星球。

05 海灘

我簡直快氣爆了，還好格魯已經被我挖出來了，要不然牠一定會趁我現在意志力薄弱的時候，在我的腦袋裡吸呀吸的……

「不管你怎麼想，」老楊蹺起二郎腿，「先入爲主是科學研究的障壁，你很聰明，所以也應該可以接受其他不同的講法。」

「……」這一點倒是眞的，雖然我明明知道老楊在安撫我，但是對於他講的，我倒有很多親身體驗，就跟柯老師一樣，柯老師覺得大人不能接受不可思議的事很蠢，我也是。

從小我就一直擔任地球人跟宇宙生物溝通的橋梁，但是我媽卻一直帶我去看精神醫生，還帶我去收驚，幹！那個收驚婆其實就是那美克星人，還偷偷在符水裡放格魯的卵給我吃，逼我做駐地球大使，馬的……

這時，有一個女人走進店裡，站在我們的旁邊。

「請問……你們剛剛說的是不是……普通話？」女人緊抓著她的皮包，聲音有些顫抖。

「啊！小姐妳也是……難友啊！請坐請坐……」老楊眼睛再度露出喜悅的光芒。

仔細看看這個女人，細白的皮膚，淡淡的妝，細長的丹鳳眼，穿著淺紫色連身短裙，小腿……好美的小腿，是那種會讓人衝動的小腿。

「妳好，」我拉過一把椅子，示意她坐下，「妳不需要再害怕了，有柯老師的領導，我們一定可以逃出這裡的。」我推了一盤臭豆腐在她面前，並遞給她一雙筷子。

「謝謝……嗚……謝謝……」女人的筷子不停顫抖，激動地流下眼淚。

「看到妳眞高興，」老楊說，「我自我介紹，我是台大心理系的教授，叫楊哲羽，叫我楊教授就可以了，這位小朋友姓徐，叫他……嗯，叫他小徐就可以了。」

「眞的是太意外了，沒想到這裡居然有跟我一樣的人……我以爲我再也沒機會回到原來的世界了……嗚……」女人不停地哭泣。

「嗯……我剛剛跟小徐正好討論到這個問題，」老楊說，「雖然柯宇恆先生認爲這裡是魔界，也就是所謂的另一個時空，但是，依我之見……」

「依老楊的低見，他認爲是我們發瘋了，而不是我們掉入了魔界。」我說。

「那你認爲呢？……小徐？」女人靜下來了。

「可能的話，請叫我勃起，」我盯著女人的小腿，好美，「不過請不要誤會，那只是一個有趣的綽號，在這個魔界裡……」

「噗哧——」

女人忍不住笑了，我眞是個風趣的男孩。

「你可眞逗，小哥……」女人拭去眼淚，「我姓韓，單一個字孝，孝順的孝；楊教授，小徐哥，叫我小韓就成了。」

「韓孝，含笑，這名字很好聽啊！」我眞羨慕小韓有個好名字，才兩個字，眞酷。

「聽妳的口音，不像是……嗯，是因爲太久沒開口說話，還是妳是從大陸來的？」老楊摸著他那叢大鬍子。

「是的，對你們也沒什麼好隱瞞的。我老家福州，半年前為了多攢幾個子兒，跟幾個姐妹來台灣掙皮肉錢，沒想到，在途中的船上打了個盹兒，一上了岸，就發覺台灣這地方怪怪的，連我那幾個姐妹的行為也變得好奇怪，就跟……就跟柯宇恆先生寫的故事一樣，我就這麼一個人，人生地不熟的，本來還以為台灣本來就是這樣詭異的地方，快把自己給逼瘋了……」

「這麼說妳來到這裡差不多半年了。妳也眞倒楣，偷渡到魔界來當雞，不過妳總算知道自己沒瘋掉就是了。」我說。

可憐的小韓，不只做雞，還跑來魔界做雞，運氣眞是很背。

我對偷渡客跟外勞一直都很同情，除了他們很辛苦以外，我還知道政府一直偷偷把一些逾期外勞跟抓到的偷渡客，祕密地交給山繆星人（他們全部都長得跟黑人影星山繆傑克森一樣）做DNA核子融合的實驗，我也曾經被抓去過，但是幸好我的DNA已經被格魯污染才獲釋。好險。

題目：世界上最遠的距離
泰戈爾：「是我站在你面前，你卻不知道我愛你。」
徐柏淳：「是廁所就在眼前，肛門卻不知道閉嘴。」

06 這算什麼？

「對了，剛剛小徐哥提到楊教授認爲是我們瘋了，我想聽仔細點。」小韓說完，看了在椅子上低頭喘氣的柯老師一眼，又問道：「他就是柯宇恆先生嗎？」

「是的，就妳剛剛的問題，我分兩方面來回答，第一，柯宇恆先生大概是一時無法接受突如其來的規則性對話，也難怪，那樣長期地懷疑自我與邏輯失序，我們突然的造訪令他脫離理性已久的心靈無法適應，不過我相信這只是暫時的現象。」老楊拍著柯老師的肩膀，繼續說道：「柯先生眞的很了不起，要不是他刊登在報紙上的巨幅廣告，我們也將獨自面對可怕的未知，說不定我們也會變得跟他一樣。」

老楊這一席話眞是……眞是(A)不偏不倚，(B)光明磊落，(C)擲地有聲……ㄜ，應該是(A)＋(C)吧！說得我都感動得流淚了。

「第二，我並非果斷地認爲是我們的精神出現邏輯失序的症狀，但是這個可能必須保留，也許，這才是解決我們惡劣處境的唯一方法。」老楊瞇瞇眼，放屁。

「你這樣說我挺不同意的，」小韓皺著眉頭，「如果說是我們瘋了，那爲什麼連錢也變了個樣？雖然我沒見過新台幣的模樣，但是我也知道錢應該都是……怎麼說……當我跟客人交易完了後，我實在無法忍受報酬只是幾張名片、鈴鐺或是抹布之類的東西……這算什麼？」

小韓又說：「我雖然是打內地來的，但是我也唸過大學，我這樣說只是想表示我不笨……

而方才我想說的是，如果是我們瘋了，那爲何物質環境也會改變？」

「我懂妳的意思，要是紅綠燈的物理狀態改變，要是錢的物理狀態改變，那麼這裡似乎是另一個世界的模樣，」老楊讚許地看著小韓，「但是，別忘了，嚴重的精神病可能會看到幻覺或產生幻聽，也許現在錢還是錢，紅綠燈還是紅綠燈，但是因爲幻視的關係，所以我們看事物的能力受到了扭曲。」

小韓歪著頭：「這一點我也想過，但是不屬於物質方面的，比如柯宇恆先生提到的，一切跟規則有關的事物，像是語言、紙牌規則、時間的概念等等，爲什麼全部都……」

「全部都變成一坨屎。」我趕緊把握最佳時機說出恰當的玩笑。

「也許有一、兩樣變形可以說是我們的精神有問題，但是只要跟規則有關就會亂糟糟的，就挺誇張的。」小韓。

「嗯，雖然我是心理系的教授，但是對於爲什麼只有與規則有關的事物會扭曲，我也只能抱持猜測的態度。」老楊。

對喔，爲什麼只有規則混亂!?

「不過我剛剛發現一個很有趣的現象，」老楊拿著菸斗敲打他的膝蓋，「如果我們的精神有毛病，爲什麼我們可以溝通？要是我們失去理解外界秩序的能力，爲什麼現在我們又能理解同爲病患的語言？」

「也許我們真的進入另一個時空了……」小韓低下頭。

「是一定。」我看著柯老師。

07 小雞雞

「對啊……如果我們眞的瘋了，那爲什麼還可以聽得懂其他瘋子的……語言？」我自言自語著。

「所以我們……根本沒瘋？」小韓終於夾起一塊臭豆腐。

「未必。」老楊又開始發表他的低見，「現在的精神醫學尙未能眞正解開精神疾病之謎，人的大腦仍存在極大的未知領域，簡單地說，人類不了解自己大腦的程度，遠遠超過所了解的部分。」

「這我聽說過，好像人一生只運用到大腦的百分之十不到，但是像愛因斯坦先生就有可能運用到百分之二十吧，但那很少的。」

老楊站起來踱步，繼續道：「所以……精神病患者的大腦眞正運作的情況，我們人類了解的還太少，精神病可不可以互相溝通……」

「可以的，」我興奮地答：「有個笑話說，在一家精神病院裡，有兩個自稱是蔣中正的精神病患，醫生爲了改善他們的病情，於是把他們關在同一間房裡，想說這樣至少會有一個人會放棄蔣中正的身分。一個星期過後，醫生把兩個精神病患叫出來，看看病情有沒有起色，問甲：你是誰？甲回答說：我是蔣中正，哈哈哈！醫生搖搖頭，問乙：你也是蔣中正嗎？乙哭喪著臉說：我不是。醫生很高興地說：很好，你已經快康復了，那你知道你自己是誰嗎？乙回答道：我是宋美齡。所以，精神病患是可以溝通的。」

「嘻……嘻……哈哈……小哥，你說話好風趣，瞧你把我給逗的……」小韓笑彎了腰。好美，真不愧是海灘。

「……」老楊背對著我，大概是不好意思笑吧，假兮兮的。

「老楊，也許你有點道理，但是這應該不是普通的精神病，」我托著下巴：「坦白說，ㄜ，這是我的祕密，以前有一種外星生物寄生在我的大腦裡，靠吸取我的智慧跟勇氣維生，雖然牠後來被我逼出來了，但是……你怎麼知道沒有其他的外星生物寄生在我們的腦袋裡呢？」

「……」

現場一片死寂。

要是在從前，大家一定會說我有被害妄想症，然後逼我看醫生，要不然就是換來一陣不屑的大笑，但是，誰在這種詭譎的環境裡都應該體認到各種可能的存在，我想，我剛剛的發言已經取得了代理領導的地位。

真正的領導，當然是充滿智慧的柯老師。

「如果這裡不是魔界，也許，其實是有一種很難發現的外星生物，偷偷地吃掉我們大腦中的邏輯運算能力，因此，我們在跟充滿秩序的世界互動時，產生了老楊你剛剛提到的幻覺跟幻聽。」我假裝憂心忡忡地說。

「這……一點證據也沒有。」老楊雖然死要面子，但是一定開始動搖了。

「我也不信……要是真的是這樣，我們彼此還能溝通就表示我們的邏輯其實還是存在的不是嗎？」小韓也不相信我。

「也難怪你們不信，好吧，要不是緊要關頭，我是不會這麼做的。」我無奈地說，「我以前其實是那美克星駐地球大使，雖然不幹了，但是還保有一些星際網絡，我現在必須呼叫比克，他是個很有智慧的那美克星人，你們不要害怕，要注意星際禮節。」

在老楊跟小韓滿臉疑惑的同時，我掏出了我的小雞雞，開始用聖水在小吃店的地板上畫出星際傳輸圖騰，一邊甩著一邊高喊：「位置，57A22245GF，身分辨識，宇宙魔導士H12，密碼，3.14159，呼叫比克，呼叫比克……」

08 三個問題

以前格魯還在我腦袋裡的時候，我必須每天跟比克簡報三次，有時候來不及，不得已在教室傳輸比克的影像時，總是被大家拖起來打，說我在教室偷尿尿，而且還被抓到校長室寫悔過書，幹！他們都不知道能好好坐下來吃飯睡覺，應該感謝我長期爲地球的星際形象努力……

在一陣紫色煙霧中，比克的影像傳輸過來了，因爲我的聖水排泄得很充足，所以圖騰力量很強大，比克的樣子非常清楚。

綠色的皮膚，白色的斗篷，微低著頭，充滿傲氣的眼神，雖然只是影像，但我仍可感受到一股強大的「氣」，眞不愧是比克。

「比克，我有事想問你，關於……」我不敢直視比克的眼睛。

「爲什麼現在才傳輸我過來，我們找你很久了，」比克冷冷地說，「你的狀況看來很不妙，要不然不會冒險通知我的。」

「對……對不起，我也知道……拔掉格魯是我的不好……」震懾於比克的威嚴，我幾乎趴在地上了。

「嗯？」

「根據星際法規……我擅自將格魯……趕走，應該……」我全身發冷。

早知道我那麼龜縮就不該愛面子把比克叫來，我鼓起勇氣繼續說道：

「應該處以跟弗利札單挑一百次的懲罰……我可不想……我又不會龜派氣功……」

「你知道就好。」比克蹲下來，看著我，說：「但是，我們朋友一場，這件事就先擱著吧，我知道你傳呼我過來，應該是比跟弗利札單挑更嚴重的事，問吧！」

「眞的嗎？啊？謝謝……比克你眞是好人！」我跳了起來，心臟差一秒就跳到爆炸。

比克果然夠意思，但也是因爲我過去赤膽忠心的關係吧！

「老楊，小韓，有什麼要問的，快！還是叫比克救我們出去!?」我興奮地看著兩人。

小韓的眼神有些不對勁。

「……怎麼了？要問就快，要不然我聖水乾了的話，圖騰就失去能量了。」我。

「你剛剛……在跟誰講話呀？」小韓慢慢地說。

「妳看不見比克嗎？不會吧！老楊，你想問什麼？」我有點不爽。

「小徐，我只看到你對著一團空氣自言自語，還有，把它收起來。」老楊的表情有點不自在，似乎很想相信我，但又不太想承認的鳥樣。

「媽的，我自己問。」幹！又把我當神經病了，我偏不收起來。

「比克，你能不能把我們救出這裡？」我說，其實我很想丟下老楊。

「不能，因爲我們跟地球人沒有盟約，而且你的身分也不再特殊。」

Shit。

算了，不管怎樣都比格魯在我腦袋裡時還好得多了。

「那麼，能不能……」

「等等，看在老交情的份上，我必須先提醒你，三個問題，一個月只能問三個問題，你必須好好考慮清楚再問，」比克盯著我看，「你應該知道你很笨，所以仔細想想後再問。」

Damn it，我會笨還不是因爲格魯吸走我太多的智慧。

「好吧，嗯，我們在魔界裡嗎？還是我們都瘋掉了？」

這個問題至爲關鍵。

「拒絕回答。我只能提供片段的線索，其餘的，必須靠你自己拼湊。」

「爲什麼？這樣教我怎麼問？」太怪異的規定了吧，擺明是整我。

「OK，這是第一個問題的答案，因爲我也不清楚你的眞實情形，你只是傳送我的影像過來，我無法對你的處境做出分析。」

這樣也算一個問題？

不過我可不敢頂嘴。

「好吧，那，有沒有一種外星生物，會吸取人類的邏輯能力？」

「有，我們叫牠屌客，是一種病毒，就像地球的電腦病毒一樣，被不明人士生產散佈，牠的反抗體碼還可不斷快速更新，連天馬星醫院製造掃毒細胞的速度都趕不上。」

「好可怕，眞的有啊……那中毒了怎麼辦？」

09 里見八犬傳

「這是第三個問題了。中毒的症狀跟屌客的能力有關，越新的屌客引發的症狀越複雜也越嚴重，而且對愈高智慧的物種邏輯殺傷力愈強，每個星球都有患者。」比克皺著眉頭，又說：「中毒後，屌客一方面吸取邏輯能力，同時又排射出一種酵素，這種酵素會使患者的大腦對吸取的過程麻痺，總之，中毒後邏輯逐步喪失，符號系統一旦崩潰，不管是哪一星的人，都會變成廢人。」

「這麼厲害……但是你說的不清楚，這不算一個問題的完整回答，我要知道酵素是怎麼一回事？幹嘛要麻痺？」

「好吧。因爲吸取的過程很痛，不麻痺的話患者會發現。」

「就跟蚊子一樣？」

「對，蚊子吸血時也會一邊分泌酵素。」

「這樣啊……」

問完了最後一個問題，卻感到仍有許多謎團需要釐清。

「算我多事，」比克站起來，伸了個懶腰，「屌客排射的酵素有趣的地方是，它有副作用，也跟蚊子很像，蚊子的酵素會引起皮膚腫癢，所以有時會被發現遭到打死。」

「嗯？」

「屌客的酵素會刺激大腦發出共鳴的現象，也就是說，患者雖然逐漸喪失符號能力，但只要沒有完全崩潰，患者之間彼此可以藉由共鳴的效果溝通，這樣會使病情惡化的情形減緩。」

「啊！就是這個！再多告訴我一點！」我揮舞著雙手。

「關於屌客，其實跟地球的電腦病毒有很多相似之處，例如……」

這時，比克的影像開始雜亂，接著「咻」地一聲消失了。

怎麼會這麼快！這次我的聖水很充足，應該還有一些時間才對啊……

「比克！等等！等等！」

才剛剛談到問題的要害，居然……我著急地大喊，這時，我瞥見了小韓。

小韓正拿著拖把破壞我佈下的星際傳輸圖騰。

「小韓！妳在做什麼!?妳知不知道下一次要問比克要等下個月嗎？」我慘叫。

「不要這樣，老闆剛剛看到你在他店裡……這樣亂搞，很生氣地進來亂罵，小韓正在幫你清理。」老楊的眼神帶著鄙視。

「……你們剛剛什麼都沒看見？」我呆坐在柯老師身旁。

「小徐哥，你大概是太累了吧，我們出去走走，多聊聊就會好了。」

小韓同情地看著我。

我最恨別人同情的眼神，但是……這次例外，小韓一定很關心我。那麼美的眼神……別介意，盡量同情我吧。

That's all right，他們沒看見比克多半是正常的，也許是因爲我的腦波頻率太傑出才看得見……這或許也是我被迫擔任大使的原因吧。

「也好，我去付錢，」我扶起柯老師，「老師，您也跟我們走吧，從今以後，您就不用孤單面對一切了。」

一個人面對這一切長達三個月，一直都處於不明的恐懼裡，如今總算找到了夥伴，就像《里見八犬傳》一樣，開始踏上打倒大魔王的英雄路。

「現在呢？我們要去哪裡？我們必須跟柯老師多多談話，好讓柯老師早點帶領我們。」很抱歉，柯老師您的魔界理論應該是錯的，但這不是重點，一個人偉不偉大不是看他的想法正不正確或聰不聰明，而是堅持理想的勇氣與毅力。

不用多做考慮，我決定繼續接受柯老師的精神指導。

10 自己

經過一番討論，因爲老楊家裡挺大又自認爲是領導，我們決定寄住在老楊家裡；我們帶著柯老師上了火車，朝著台北前進。

火車當然還是魔性不改，忽前忽後，忽快忽慢，但是台北車站位在地底下，應不難認，我們也不怎麼擔心。

「楊教授，咱們現在有什麼計畫？」小韓問。

「我想先求證一件事，」老楊聳聳肩膀，「我想確認我們是不是精神方面有問題。」

「嗯，我現在也不認爲這裡是魔界了，不過事情沒你想的這樣簡單，」我得意地說，「我們應該先想想，那些外星人……」

我閉上嘴巴，因爲剛剛只有我看得到比克，我可不想被當成瘋子；我看著身旁喃喃低語的柯老師……只有等見識高超的柯老師康復，我才能向柯老師報告那重要的星際資訊，接受祂卓越的分析指導。

「我幾乎可以斷定，當然，目前還只是推論——這裡絕不是另一個世界。」老楊摸著他的大鬍子。

「爲什麼？」小韓。

「要是眞如柯先生所說的，是兩個平行的時空交疊，上面的時空發生破洞而使得我們掉到這個除了符號以外，其他事物都一樣的不同世界，那麼，我就不禁要問……」老楊繼續道：「那這個世界的『自己』呢？」

「你是說，這個世界本來也有一個『我』？」小韓睜大眼睛。

「根本就不是什麼不同的世界。在這裡——用不精確的說法，我的妻子是同一個人，兩個博士兒子也是同樣的兩人，同事等等也是原來的關係角色，但特別的一點是，我也還是我；所以，如果這是另一個平行的世界，也應當要有另一個我在扮演著心理系教授的角色，但是——」老楊面露微笑說：「沒有。」

老楊還不錯嘛，但是他一定沒想到是屌客的關係。

「所以我們眞的瘋了？但就如你所說的，爲什麼我們可以溝通？」小韓。

我很想告訴小韓，其實這是因爲屌客分泌的酵素會產生共鳴的副作用。

「這個問題我也在思考，就如我先前說的，人類對精神病的大腦活動情形，連一知半解都稱不上；我們等一會就要去精神病院參觀，若是那裡也有跟我們相同症狀的人，也許就可以解謎了。」老楊微笑。

「對啊！看看還有沒有夥伴！」我高興地說。

「小徐哥，你還眞有興致，我還眞煩惱，要是我的腦子不正常，要怎麼給醫好呢。」小韓苦笑著。

(A)西子捧心，(B)美不勝收……算了，就美不勝收吧！

「也不需要這麼擔心，你們說說，什麼是精神病？」老楊微笑著，大概是作教授的職業病吧。

「神經病就是瘋子，整天傻傻的，給他大便他也吃，所以我們不是神經病，要當，你自己當。」我冷冷地說。

「其實精神病在以前被當成是惡魔附身或道德感不足的現象，當然，現在我們認爲那是錯誤的想法，故我們把它當作是一種疾病治療，但是，精神病也許只是跟我們一般人使用不同思考方式的人，甚至，還可以說……」老楊頓了一下，喝了口水。

「天賦……」

柯老師？是柯老師！

「柯老師您終於康復了！這眞是太好了！太好了！」我緊緊地擁抱神聖的柯老師。

「嗯……水……」柯老師虛弱地說。

小韓立刻倒了一杯水過來，我恭敬地轉交給柯老師享用。

11 NOT ONLY, BUT ALSO

「你醒啦！嗯，好，因爲你，我們才聚在一塊……多休息一下吧。」老楊讚賞地說。

「老師，您好好休息，我們現在正要到台北去，因爲……」我不禁熱淚盈眶。

「我……知……」柯老師神情萎靡中散發出一股精光。

「還有，你剛剛說對了，精神病可能是一種天賦。」老楊看著柯老師。

「天賦？怎麼會？」小韓狐疑地說。

「案例告訴我們，有許多自閉症患者雖然在溝通上有問題，但是對數字的邏輯演算卻非常驚人，或者無師自通多種語言，這些案例顯示，」老楊仍然看著柯老師，繼續道：「患者並非或者不全然是所謂的白痴，他們也許用於人際溝通的腦域封閉了，但是上帝卻爲其開啓了另一扇窗，令他們其他的腦域遠優於常人。」

柯老師點了點頭，說：「九十……」

「也許吧，一般人終其一生只利用到大腦能力的百分之十，或許精神病患能使用其他百分之九十中的某些部分。」老楊推了推眼鏡。

「超能力……」柯老師說。

看來柯老師還沒完全康復，無法唸出完整的句子，只能說單字。

「超能力？也許吧！精神力的掌控或許也跟大腦未知腦域有關。」老楊說。

「對不起，我不太認同，精神病跟特異功能是兩回事，而且這幾年在內地，祖國做了很多實驗，揭穿了特異功能其實都是假的，沒的事。」小韓一臉固執。

「小韓，我知道老楊平時的低見很多，但是這次在柯老師的提點下，他說的嘛……好像有點道理……」我開始興奮起來。

「喔？」小韓眉毛揚起。

「我從小就被當成……神經病，因爲我常常看到外星人，眞的，各種外星人都有，」我漲紅著臉，「所以我媽很緊張，一直帶我去看陳醫生，但他一直誣賴我看到的是幻覺，還懷疑我吸毒，幹……啊……不是，我當然很生氣啊，明明就看到了，而且還擔任星際大使，但最後還是被說成被害妄想症、憂鬱症等等，我現在才知道，這不是神經病，是天賦，是超能力！」

柯老師眞的not only我的人生導師，but also我的救星，簡單兩句話就將我超脫出神經病的地獄，還讓我在幾秒鐘之間變成擁有超能力的超人。

「也許吧，這也只是臆測罷了。」老楊的低見。

「大大的低見！你怎麼知道你看不見就代表外星人不存在？啥？說不出話了吧！吸毒也可能會刺激腦部，使大腦……那個……」我思考著。

「腦波。」柯老師閉上眼睛。

「對，使腦波改變，然後就可以看到外星人啦或是鬼，鬼話連篇你沒看嗎？別那麼死板，那個老師不是說我們會看到鬼，是因爲有時候我們的『磁場接近』，就是這個意思；我有超能力，所以腦波很營養，不用吸毒就可以看到外星人，你不能，哈哈！」我取笑老楊。

「……」老楊一定在生氣，但是他的鬍子太多了，蓋住大部分的臉，所以看不出來。

「總之，精神病是不是跟超能力有關，都跟我們現在的症狀無關，現在最重要的是，確定我們是否有精神上的疾病，要是有，我們要如何矯正與治療，才能重新好好生活。」老楊說。

「我同意，」小韓甜甜地說，「小徐哥，就不要再提超能力的事好嗎？我們現在應該要想辦法恢復理智，不是嗎？」

「喔。」

雖然有點失望，但是剛剛他們看不見比克，也難怪他們不相信。

即使如此，我還有一個很好的聽眾，柯老師。

在火車上，我將小吃店裡跟比克的談話內容原原本本地向柯老師報告，並主動提供我跟外星人接觸的經驗，希望透過柯老師縝密的思考能力，釐清事情的眞相。

12 愚人船

「勃起？」柯老師微笑著。

柯老師聽了我跟比克之間的對話後，對我的綽號似乎覺得很有趣。

「嗯，如果老師不介意的話，請繼續這樣叫我。」我說。

「好。」柯老師又閉上了眼睛，看來正咀嚼著我提供的資料。

這時，火車進入一個隧道。

老楊說：「也許是我太久沒有眞正地上課吧，我講一些有關精神病的故事給你們聽吧。」

「好啊好啊，我最喜歡聽故事了。」小韓興奮地說。

「大約在十七、十八世紀時，黑死病恐怖地襲捲了整個歐洲，大量的痲瘋病人充斥街頭，人們對瘋癲的恐懼達到了高峰，加上治療無用，於是，爲了有效遏止疫情，痲瘋病人被監禁，被當作罪犯看管，其中有一種方式……」老楊像是在上課。

「愚人船。」柯老師接著說。

柯老師在流淚。

「沒錯，愚人船。從你的求救信中，我知道你讀過傅柯的作品。」

「什麼是愚人船？」我問。

「人們把痲瘋病人集中在一艘艘的巨船上，永遠地放逐海洋。」老楊也閉上眼睛。

「放逐？他們只是生病，又沒有做錯事，別人憑什麼將……」我忿忿地說。

「因爲畏懼。痲瘋病人的言行怪異、癲狂，其中某些患者甚至預言未來，聲稱預見將至的災禍，或看到萬年後審判的來臨，人們不了解瘋癲的本質，又懼怕未知，於是將他們禁錮在與世隔離的汪洋……在遼闊的海上，遙無止盡的漂流，痲瘋病人們失去了地平線，每天日升日落，僵化的規律，時間彷彿靜止了……」老楊深深地說。

我也閉上了眼睛，想到痲瘋病人們被放逐於社會外，等於被判了精神上的死刑，在時空消失的孤海上等著……等著哪一天暴風雨將自己吞噬，眼淚終於落了下來。

現在的我們，不就是同坐在愚人船上嗎？

如果我們堅持保持自認的理智，絕對沒有人聽得懂我們說的話，符號成了障壁，而非溝通，我們被完全摒除在意義之外。

我們被放逐了。

過了十多分鐘的靜默。

「勃起，我，相信你。」柯老師睜開眼睛。

「嗯，我就知道老師您的見識一定不同凡響！」我欣慰地說。

「比克，說，屌客，電腦……病毒，像……想……」柯老師吃力地說。

「您的意思是，要想想屌客爲何跟電腦病毒很像嗎？」我問。

「嗯，我，裡面，連著，外面，斷的。」柯老師講到滿身是汗。

「啊？」

「我，想，可以，講，可以，的相反。」柯老師說。

「對喔，老師您提過，我們人的思考除了純粹的邏輯，就是用那個……那個語言來思考，老師您先是語言發生障礙，然後是邏輯也有問題……所以沒法子思考……您是說，現在思考康復了，但是表達還沒有？」我拼湊著老師的話。

「對。」柯老師說。

「那我負責推理，老師您盡量提點我。」我身負重任。

「電腦病毒，死，屌客，活……」柯老師。

「嗯，我想屌客有點像是生物兵器吧，比克說是病毒。」我說。

「傳染……」柯老師托著他的下巴。

「傳染？嗯，電腦病毒會傳染，屌客……會不會傳染，比克沒說，不過很有可能吧……我不知道。」我。

「高等，慘，低等，慘，的相反。」柯老師。

「嗯，越高等的外星人被屌客侵害的情況越慘，我想這是因爲越高等的之前比較聰明，被侵害後變得神智不清，所以落差較大，本來就比較笨的，像蛋捲星人，他們被侵害前跟侵害後看起來應該就沒差多少吧，因爲太笨了。」我。

「對，一半，一半，對，的相反。」柯老師。

我預見偉大的先知
我通曉萬年的毀滅
我倉皇 急迫 疾呼
留給自己的 只是
時空靜止的愚人船

13 犧牲者

「是，那另一半呢？」我恭敬地問。

「越高等，複雜多，想，想想，傳染。」柯老師說。

太有哲理了，我必須想一想。

「是要跟傳染想在一起嗎？」我問。

「對，也，也要，目的，幹，他媽的。」柯老師狠狠地說。

「嗯，屌客的發明人不詳，怎麼會選上我們，弟子會好好想一想，可能是我們都太優秀了吧……啊不，應該不是。」我即時想到了老楊。

「但，記住，屌客，未必。」柯老師。

「是，比克有時候會亂開玩笑，而且現在說什麼都還太早，我會學習老師保持各種觀察角度的。」我說。

比克不能分析我的眞正處境，所以「屌客論」仍只是一種假設，柯老師先前的「魔界論」還是必須考慮，至於老楊的「精神病論」，等一下就可以驗證了。我想應該是放屁吧。

「到了，下車吧。」老楊說。

地獄。

台北車站現在完全是個煉獄。

「操你媽的。」柯老師第一句完整的話。

的確，這句話形容得最讚，台北車站人聲鼎沸，巨大的噪音不規則地轟進我們的腦袋，雖然現在我已不再孤單，但是迷亂的符號仍具有強大的精神殺傷力；況且，如果跟比克說的一樣，只要被屌客侵入，就無法擺脫失去理智的命運，同伴因共鳴而相互溝通也只能拖延一點時間罷了。

小韓倒是興致勃勃，好像是跟我們出來玩似的，蹦蹦跳跳，不停地逗我們開心。跟小韓一起落難，倒眞的挺浪漫的，加上有柯老師這樣的宇宙級偉人同行，更是五星級的組合……老楊？對了，爲什麼會有這個角色？啊，除了他的死腦筋正好顯示出我的優秀外，他還是一個犧牲者。

《驚聲尖叫》等恐怖片，不是都要犧牲者嗎？這樣才符合劇情需要……可憐的配角。

「老楊，我決定對你好一點了。」我拍著老楊的肩膀。

「怎麼？我們現在要去停車場，我開車來的，等一下我們直接去精神病院。」老楊說。

「吵他媽的，走，快。」柯老師皺著眉頭。

於是，我們坐上了老楊的車，浩浩蕩蕩地向精神病院報到……啊不，是前進。因爲搞不懂交通號誌，加上老楊沒種，所以開了很久才到精神病院。

「楊教授，你先前爲什麼不自己來這裡呢？」小韓問。

「第一，我怕自己一個人來，在不知道自己說些什麼的情況之下，會被當成精神病關起來。第二，就算我眞的有某些精神上的疾病，我也不會在精神病院接受治療，那裡既不專業，又把病人當犯人，我寧願自己想想辦法。」老楊說。

「小心，閉嘴。」柯老師說。

「是，我們進去吧，要是他們想抓住我們，就立刻逃跑，還有，記住柯老師說的，沒事別說話。」我說。

接著，由我跟守衛等院方人員「溝通」以後，大家幸運地進入精神病院參觀。

在灰白色的走廊，幾個患者眼神空洞地晃著，我注意到每隔幾公尺就有一個院方的看護，似乎在監視著患者。

大廳上，幾個患者聚在電視前看著，果然是瘋子，那種發狂似的畫面跳動居然也想看。

有些患者嘰哩呱啦地交談著，但我分不清楚他們的談話內容是不是超爆笑的，眞是可惜，不過我也必須好好熟悉一下環境，因爲即使我把屌客拔走，或者說回到原來的世界，我還是很可能被我媽送來。

14 一千顆原子彈

我看到一個患者愉快地蹲在桌子上大便，眞教我羨慕得要死，但好景不常，他快樂的表情終於引起看護的不爽，一陣拉扯後，他被迫吃掉自己的大便，我簡直笑死了。

「別笑，」老楊在我耳邊說：「我們可能跟他們沒有兩樣，只是還沒被其他人發現而已。」

「……」

有些道理，雖然我一點也不認爲我發瘋了，但，我們的處境令我很同情這些病人，我在想，會不會他們其實也像我一樣擁有各種奇妙的超能力，但是這些與眾不同的特質，卻使他們被世人誤會；又或者他們眞的活在自己幻想的世界裡，所以被強迫接受治療……

但是，這世界上誰沒有幻想呢？

只因爲這些人不顧所謂眞實世界裡別人的看法，勇敢地活在自己的幻想裡，惹得別人嫉妒，懷恨他們的無憂無慮，所以被當成疾病、犯罪一樣監禁？

我嘀咕著。

眞實的世界啊！你也不過是網路裡的一個視窗罷了！

這時，我發現身旁的柯老師怪怪的，祂的眼神似乎在恐懼著些什麼，我順著祂的眼神看了過去。

以下的描述，不是我幼稚的文采可以辦到的，於是事後經過柯老師的指導，我嘗試將我與柯老師感受到的盡力描繪出來。

牆角幾個患者一動也不動地坐在椅子上，眼睛茫然地直視前方，雖然沒有發出任何聲響，但是，那樣靜靜地……不，是那樣死寂地坐著，卻給了我一種非常異樣的感覺。

你看過氣球吧？

他們給我的感覺，不只像是比熱氣球還巨大的氣球，還是顆不斷在劇烈膨脹的氣球，隨時都會爆炸一樣，而且爆炸的威力，一定遠比一千顆原子彈還要震撼得多。

覺得奇怪嗎？

此時，我卻覺得理所當然。

那樣完全不動、一聲不響的患者，他們乾扁的身體，本來給我的感覺應該像是枯槁的木乃伊一樣，但是……如果他們是木乃伊，他們一定是活生生的木乃伊，活生生到什麼程度？

活生生到隨時準備爆炸！

他們被掏空的內臟裡，一定正鼓盪著熱滾滾的生命力，從地心直接冒出的生命力。

沒有生機的外表，跟世界完全斷線的眼神裡，卻好像亟欲發出最巨大、最淒厲的哀號，全身緊閉的毛孔，正拚命地壓抑體內震耳欲聾的千萬吶喊。

這絕不是想像力太過豐富。

不知道爲什麼，我的身體好想劇烈地晃動。

那幾個患者空洞地坐著，卻像一首首感情澎湃、風格強烈的大樂曲，催動著我，催動著我變成音符，跳動。

跳動。

我幾乎立刻跳動起來。

這時，柯老師即時緊緊抓住了我。

「忍，我，一樣。」柯老師低語。

「嗯，既然老師跟我一樣有奇妙的感覺，那這幾個人也許……」我輕輕說。

「問，楊。」柯老師點點頭。

我點點頭，在老楊耳邊說：「喂！你有沒有覺得那堆傻傻的人怪怪的，比如……」

「比如？」老楊。

「比如……覺得他們身體裡面好像藏著好大的聲音？」我神經緊繃。

「沒有，」老楊一臉的不耐，說：「仔細聽聽這裡有沒有人跟我們一樣說話……不要再幻想了。」

「幹！」我在老楊的耳邊大叫一聲。

15 是的，我看見了

我最討厭別人說我幻想了，那是超能力，不懂就閉嘴，也因爲「幹」只有一個字，不怕那些看護察覺我說的「話」很怪異，所以我毫不猶豫地用力吼出來。

老楊嚇了一大跳，摀著耳朵摔倒在地上，不可置信地看著我。

知道我的厲害了吧。

「動……」柯老師指著那些死寂的人，全身緊繃。

動？

我看了過去，發現那幾個人眉頭微皺。

本來經過我那樣大叫以後，每個人都被嚇到實是不足爲奇，但是那幾個人皺起眉頭給我的感覺，竟令我全身發毛。

好深的恐懼。

他們空洞的眼神中閃過一絲極動人的神采，但轉瞬間便一溜煙消逝。

也因爲那神采電光火石般乍現，卻又極快速地殞落在空洞的黑暗裡，所以格外驚心動魄，格外牽動心神。

是什麼將那絲動人的神采再次拖進空洞無比的黑暗之中呢？

答案是恐懼。

與其說我感覺到是恐懼吸落了神采，不如說我就是知道是這麼一回事。

因爲我也感同身受。

當我看到柯老師臉上的淚珠時，我才察覺到原來我也流著眼淚。

柯老師向我點頭示意，於是我走到其中一個患者身旁，在耳邊輕聲地說：「你聽得懂……我說的……話嗎？」

患者沒有表情。

我轉過身，跟柯老師搖搖頭。

此時……

「啊——」

那名患者竭力吼出一聲巨響！

我立刻嚇得摔倒在地上，不，我是被震倒的，不是被嚇倒的。

柯老師、小韓、老楊，也幾乎同時被震翻，柯老師甚至還往後摔倒了五、六公尺才跌坐在桌上。

那一股鬼哭神嚎般的聲音力量，彷彿承載了千億噸的力道，凌厲地向四周襲擊，在小小的交誼聽裡暴走，一、兩秒後，更駭人的事發生了。

其他本來也是空洞地呆坐在角落的患者，像一串鞭炮一樣，受到那沉重巨響的點燃，竟一個接一個哭天搶地地吶喊，每一個都比第一個狂吼時要更大聲，後一個的音勁也總比前一個更具力道，連鎖反應般，幾秒後，所有原本靜止的患者，全都一齊發出驚人的……聲音？

聲音？

那還算是聲音嗎？

超過幾萬分貝的「聲音」，當然還是聲音。

喜、怒、哀、樂等任何極致情緒所發出的「聲音」，也都是聲音。

噪音，也是聲音。

噪音中的噪音中的噪音，聲音，當然。

但絕頂的噪音，像現在，就不僅僅是聲音而已。

還有能量跟瘋狂。

瘋狂暴走的能量以聲音的形式……以及各種超越聲音的形式，在交誼廳內淋漓盡致地展現。

在這裡，有件事必須詳加說明，就是那些患者「叫喊」的方式。

不只是嘴巴，我「看見」無數道聲音從患者的鼻孔、胸口、指甲縫、眼珠、頭髮、陰莖、屁眼……甚至每一個毛細孔中急速釋放出來。

是的，我看見了。

我看見了聲音。

有一句老話，叫筆墨難以形容，我現在懂了。

紅、橙、黃、綠、藍、靛、紫……不是……都不是……

一直都以爲世界的色彩是由七種顏色構成的，但是，這時我看見了至少十幾種不可能由這

七種色彩調配出來的顏色。

好奇異的顏色，難道這就是聲音的顏色？

還是能量的顏色？

我不知道，但，我想「癲狂」或許是它們最好的名字。

無數道癲狂從不同患者釋放出的顏色與方式都不一樣，有個患者蹲著，以身體爲中心，像陀螺一樣打轉，癲狂朝四面八方輻射般竄流。

一個患者直挺挺地立正站好，癲狂從他的體內向上噴射……高速地噴射，他看起來像一個正在爆炸的沖天炮，又像高速逆沖的瀑布。

有個光頭的患者，在地上用頭快速地滾動，癲狂恣意地不規則亂衝，像一顆超級鑽石砲。

另一個患者學蚯蚓一樣在地上蠕動，癲狂緩慢但極沉重地流洩出來，樣子十分詭異，看得我好想吐。

最恐怖的是，有一個患者單腳站立，芭蕾舞般全身疾旋，劇烈的癲狂因此漩渦狀地疾走，形成一個黑洞，黑洞的盡頭，黑洞的盡頭……我不敢看。

十幾個患者就這樣以各種怪異的姿勢，釋放似無止盡的吶喊。

癲狂！

好可怕的癲狂！

16 三色棒

小韓、老楊、我，全都蜷成一團，摀著耳朵。

摀著耳朵？眞是幼稚的動作。

面對排山到海的「癲狂」，什麼防護動作都是多餘的。

癲狂從每一個角度貫穿我的身體，狠狠地在我體內來回衝撞，就好像千萬道閃電不斷轟擊著我。

痛？

一點也不。

我的身體一點也沒感到任何痛楚，只覺得……

恐怖！

好巨大的恐怖！

恐怖在我體內亂竄，刹那間，我感受到各式各樣的恐怖，幹！眞的是……(A)天花亂墜，(B)五花八門，(C)風情萬種……恐怕是(B)吧！

我眞是大開眼界。

我第一時間就屎尿齊流，涕淚縱橫，內心……絕不只是內心……每一個細胞都在一邊罵「幹」，一邊徹底墜入黑暗，強烈的孤獨感隨之襲來，ㄜ，你一定很有興趣知道那是什麼感覺吧……

你將全身泡在滾燙的油裡，然後在屁眼裡插了一根三色棒（註：傳說中的冰棒，跟「金手指」齊名江湖），用力緊緊夾住，那一股自小屁屁硬生生刺入肚腸的冰寒，令大腿拚命緊縮，全身呈企鵝姿態無言哀號，在不可思議的表情中，張大嘴巴，好像要吐出那股刺骨冰冽……身邊滾燙的油完全大失顏色……

把這種感覺乘以一千，大概就可以稍微逼近我現在的黑暗感。

心神俱滅……

但，這時，神奇的事情發生了。

我睜得死大的雙眼，瞥見一個英雄身影，昂然佇立在遠遠的桌子上。

英雄，當然是指柯老師。

柯老師的身體，也被「癲狂」爆透，但祂的五官激烈扭曲，很難看出老師痛苦的程度，我現在又學到了一件事，學老楊的口氣，第一，人的潛能無限，五官居然可以這樣歪來扭去、重疊在一起；第二，五官的排列組合，不一定就是表達某個情緒，過度奇妙的組合，幾乎傳達出超越人類原本可以承受的感情。

儘管如此，柯老師五指成爪，從桌子上猛烈跳上跳下，接著，便旋轉起來。

凌空旋轉。

Yes，就是在空中，完全沒有著地，在交誼廳的吊扇旁，老老實實地飛轉著。

幾秒之間，室內波瀾壯闊（對不起，我書沒唸好，但我還是很想用波瀾壯闊）的癲狂一道一道地往柯老師身上飆了過去。

不對，是被強吸了過去！

柯老師旋轉的身體好像一個大磁鐵，更像一個無底黑洞，將巨大的癲狂狠狠地、極暴力地拉進祂每一個毛孔裡。

充溢我全身的恐懼感快速抽離，向柯老師衝去，我的心神一下子從地獄中拔起，急升至九霄雲外，空盪盪的懸著……我趴倒在地上，渾身被冷汗浸透，說不盡的舒服。

但是柯老師可就倒楣了。

老師淒厲地哭喊，聲音之巨簡直可以跟癲狂媲美，但身體卻又不停地急速空旋，無止盡地將癲狂強吸過去。

但那幾個患者依舊發瘋似地發出極巨大的「聲音」，其他人如小韓、老楊，以及整個交誼廳的人，全都同我一樣趴倒在地上。

如果我剛剛被癲狂襲擊的結果，是感受到深淵般的恐懼，那其他人應該也不例外，因此，柯老師將所有人的恐懼一股腦地吸了過去，現在一定面對著數倍的驚駭恐怖，這種見義勇爲的精神跟淩空旋轉的體力，眞値得我敬佩。

但是，患者爆炸似的叫喊，竟沒有停止的意思，我擔心柯老師就這樣永遠旋轉下去的話，腦袋一定會從鼻孔噴出來，那可不是好玩的。於是，我勉強爬過去那些患者身旁，抓住其中一個的腳踝拉倒他，他「咕咚」一聲（其實根本沒聽到，聲音被完全覆蓋了）倒下，但是叫喊卻沒有停止。

我一急，摀住他的嘴巴，但是沒有用，聲音……癲狂，就如我說的，從他每一個毛孔中吶喊出來。

突然，我胸口一陣煩噁，感到有一團火球在腦中延燒，而且迅速膨脹起來，沒有一秒，我就燙得大叫。

大叫！

這一叫可眞不是蓋的。

17 衛斯理

我也不知道我到底叫得多大聲，但是一定壓倒了癲狂，所有的患者像斷線的木偶一樣立刻摔倒，昏了過去，當然也不再大聲鬼叫了。

凌空旋轉的柯老師，也從吊扇旁掉到桌子上，不再嘶聲哭喊，但牙齒不停地打顫，全身緊縮，雙眼茫然，顯然還沒脫離剛剛的恐懼。

而我，正爲了剛剛那一叫驚異不已。

腦袋有一顆火球，痛得大叫可說再正常不過。

但是，這一叫絕對遠遠超出我的能力範圍，奇的是，我並非豁盡全身的力量才叫出來的，我只不過是很自然地大叫……

痛得大叫。

可喜的是，這一叫震昏了那些瘋子，也吹熄了腦袋中那顆大火球。

吹熄？

我不確定，感覺起來又好像……又好像是我把大火球給「叫」了出來。

總之，雖然我四肢乏力，但是方才的冷汗全消失了，取而代之的，是通體舒暢，暖洋洋地十分受用。

我躺著休息了一會，恢復了一些體力，便過去扶起柯老師。

了。

小韓兩眼渙散，流著口水，一會兒嘻嘻鬼笑，一會兒竭力哭鬧，一定是被剛剛的情景嚇壞

老楊還好，只是昏倒過去，但是小韓的樣子十分怕人。

我走到老楊跟小韓身邊，大吃一驚。

「我過去看看小韓他們……還有……老師……謝謝……」

「……」

柯老師抓著頭髮，還在劇烈地喘氣。

「老師，您沒事吧？」

可憐的小韓，讓我盡一點英雄的責任吧。

我緊緊抱著小韓，輕拍著她的香背，「沒事了，我跟柯老師聯手把場面控制住了，儘管在我的懷裡……」話沒說完，我就聽到「喀……喀……」的聲音，像吃蝦味先一樣的聲音。

我低下頭，看到小韓搖頭晃腦地咬著自己的手指，不，是吃著自己的手指。小韓一邊吃吃地笑，一邊爽快地把自己的纖纖玉指，一根一根地啃了下來。

「幹……」我放聲慘叫。

我用力推開小韓，連滾帶爬地跌開三、四公尺遠。

小韓的樣子恐怖極了，稻草般的頭髮，除了她詭異的表情不說，光是堆在她面前的鮮紅手指就夠噁心了。

我再次失禁。

原諒我，我不是一個稱職的主角，但是除了經過大風大浪的柯老師以外，我相信連衛斯理、原振俠那些人，看到這種邪惡的畫面，雖不一定會失禁，但也一定會逃之夭夭。

「好吃嗎？」要是柯老師醒著，他一定會那麼問。

但我可沒那麼幽默，我趕緊踹了小韓一腳，希望她趕快昏倒，不要自虐了，但是小韓跌倒後，又再接再厲地挖出自己的眼珠子把玩。

白皙的臉上，多出兩道腥紅的血痕，配合我的尖叫，眞是一幅地獄流浪記。我拚命尖叫著，但整個精神病院的人都昏倒了，沒人理我。

感謝小韓，她的瘋樣令我的腎上腺素狂增，我神勇地抱起柯老師，一路抱到老楊的車上，又回到交誼廳，抱起老楊，又是一路抱到車上。

眞想趕快驅車離去，離開這個鬼地方。

對不起……小韓……我無意拋下妳，只是我不愛吃手指頭，又怕妳吃完了要吃我的，也許……也許這個地方剛剛好適合妳，妳就留著吧。

但是，我不會開車，而且柯老師一直在發抖，還未恢復理智，老楊則是昏迷不醒，所以只好暫時在車上休息。

剛剛眞是太奇怪了。

與其說是奇怪，不如說經歷了一場恐懼的震撼教育。

十幾分鐘前，我的身體裡藏著各式各樣的恐懼感，怒濤般淹沒了我，絕不想再經歷一秒的體驗。

臭死了。

車上的三人，褲子上都是尿味跟糞臭。

我把堆積在褲襠裡的大便清理乾淨，再幫柯老師和老楊清理一下，比起剛剛所經歷的，幫別人除糞算是很幸福的了。

過了好久，大概是晚上七、八點吧，我的肚子已經餓得要命，但是柯老師跟老楊都還沒恢復神智，加上這間瘋人院位處小山丘上，附近沒什麼人家，我只好硬著頭皮，試著走到精神病院的警衛室要東西吃。

「……」

怪怪……警衛室裡的兩個警衛都昏倒了，而且，我還聞到他們身上濃重的糞臭。

連警衛也昏倒了，可見剛剛那些瘋子的叫聲多巨大多怕人。

我拿起掛在他們身上的機車鑰匙，摸著口袋裡的幾隻小雞爪跟鈴鐺（可能是錢），準備下山買一點東西回來填肚子。

18 乳房

於是，我找到了警衛的小機車，往山下馳去，臨走前留了一張紙條給柯老師跟老楊，叫他們等我回來，還有……叫他們不要進去找小韓。

我不怎麼會騎摩托車，但是乘著初夏夜晚的涼風，舒舒服服地，便也不覺害怕，一下子，就來到山下一間7-11。

說是7-11，我其實也不確定，畢竟看不懂它的標誌，只是覺得它在正常世界裡應該是7-11吧。

「咚咚咚鏗鏗！」

我走進充滿冷氣的店裡。

只見一個店員趴倒在櫃台邊，三個小孩和另一個店員則在飲料櫃前東倒西歪，一個上班族女人也在雜誌櫃前昏睡。

「媽的……連這裡也遭殃了……」

我自言自語著，那些瘋子的叫聲有這麼大嗎？如果連山下的人都給震昏了，那當時近在咫尺的我們，耳膜不就應該被震碎了嗎？但是，我的耳膜沒那麼健康，所以那些癲狂的鬼叫聲也一定沒那麼大聲。

現在回想起來，那巨聲雖然刺耳又震撼，但是似乎是精神層面受到的傷害較甚，而非物理

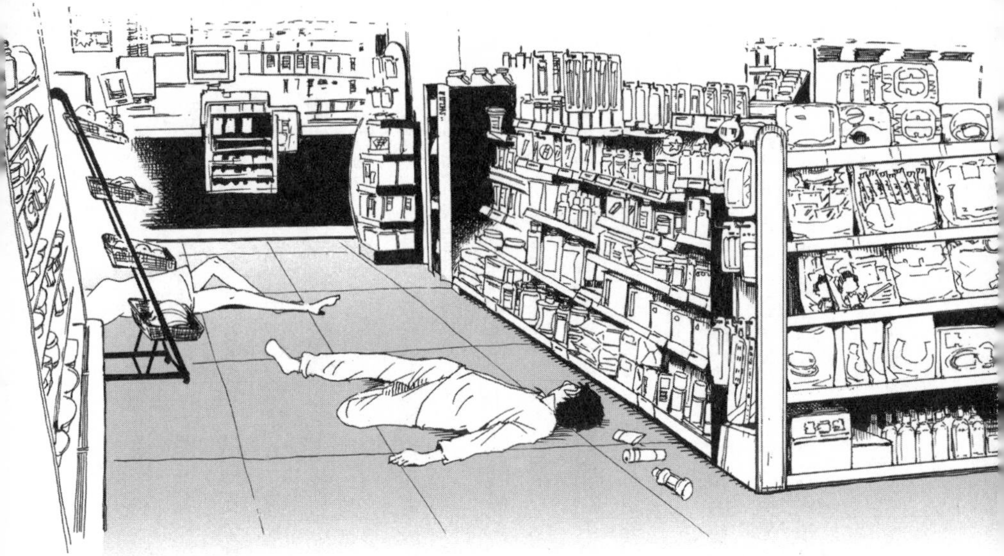

上的爆炸般巨響，否則，那麼近的距離，我的耳朵早就流血了……

臭味。

屎尿的臭味。

那些店員、小鬼、上班族女人，全都失禁了。

難道在這麼遠的地方，也感受到那深淵般的恐懼？

我的心涼了半截。

腳在發抖。

一切都太眞實了，卻又眞實的完全不眞實。

我倒吸了一口氣，盡量使自己冷靜下來。

我需要冷靜……

我看了倒在雜誌櫃前的女人一眼……那女人長得不壞。

於是，我跪在那個上班族女人的身邊，解開她的鈕子，將手伸了進去，輕輕地撫摸那女人的乳房。

從我懂事以後，我從未這樣摸過一個女人的乳房。軟軟地，滑滑地，用力一捏，很有彈性，那溫暖的感覺真是棒透了。我找到了久違的安全感，這種安全感是柯老師無法提供的。

你也許正罵我卑鄙，但是，一個女人在一個男人身邊昏倒時，加上旁邊都沒有人，我相信每個男人多少都會有點邪念吧！我只不過是勇敢地把它付諸行動罷了，而且，這樣做能讓我將恐懼暫時拋在腦後。

摸了半小時，我估計大概恢復九成冷靜後，我決定探索那女人的禁地，我相信這樣做，一定可以使自己更快恢復心神。

當我的手正要給她摸下去的時候，那女人的大腿抽動了一下，我嚇得跳了起來，正猶豫不決時，那女人悠悠醒轉，我轉過頭，那原本趴在櫃台邊的店員也搖著頭坐了起來。其他幾個小鬼，也扶著飲料櫃吃力地爬起。

「#@!#$@%#*$^^&%」那店員對我說。

「喔，幹！」我回嘴。

來不及分析這一切了，我趁著店員的腳步疲軟，快速地抓了幾包零食跟飲料，衝出便利商店，跨上小機車，拚命往山上瘋人院飆去。

「媽的，就差一點點……不過，要是他們醒了，柯老師他們也應該醒了吧，我要快點回去才行。」

想著想著，瘋人院就到了。

這時，兩個警衛抓著棍子向我衝來。

「啊！不妙！他們以爲我偷了他們的車！」我驚覺大事非常之不妙。

我一緊張，車子便打滑，摔倒在地上，我痛得大叫，已經準備束手就擒了。

「吼——叭哩叭哩吼——」

突然，一輛車閃著大燈，迅速地在我身旁急停，車窗搖了下來。

是老楊！

「快上車！」老楊喊著，柯老師立刻打開了後車門。

我忍著痛，抓著地上的零食跟一大罐飲料，趕緊跳上了後座，總算鬆了一口氣，老楊迅速向山下駛去。

「剛剛眞是好險！老楊，這次表現得不賴！」我仍在喘氣。

但是，在我看向副駕駛座的那一剎那，我的心跳一定停止了幾秒。

「小韓！」我簡直沒立刻跳出車外。

的確是小韓。

小韓嘟著嘴，向我埋怨道：「小徐哥，剛剛你怎麼可以丟下我一個人？」

怪怪，我緊張得貼緊身後的車門，臉色發白。

「是啊，幹嘛丟下小韓，還留紙條……」老楊說。

小韓……她的眼睛還在……我看了一下她的手……手指……都還在呀！

19 餘悸

我警戒地看著小韓，但她一貫的甜美笑容，似乎沒有任何妖異的氣息。

「這是……怎麼……一回事？」我看著身旁的柯老師。

「我們大概是十幾分鐘前醒過來的吧，看了你的紙條後，便在車裡等你回來，沒多久，小韓突然走出來敲門，這也沒什麼，倒是你怪怪的，幹嘛不讓小韓跟我們走？」柯老師道。

「等等，柯老師……您恢復了？」我驚訝極了。

「嗯，我剛剛彷彿做了一個非常可怕的噩夢，全身像是被強壓在恐懼的大海裡，這種感覺眞是難以形容，不過也不知道爲什麼，就這樣漸漸地恢復神智了。」柯老師道。

「您的語言能力也一併好了？」我闔不攏嘴。

「看起來好像是這樣吧！我也很驚訝，不過既然是好事，就不用太深究了。」柯老師說。

「喔。可是小韓她……她剛剛眞的好奇怪，她……」我的眼睛仍盯著小韓的手指，心中充滿了疑惑與不安。

「她剛剛怎麼了？」老楊問。

我遲疑了一會兒，便把小韓在瘋人院裡失魂落魄、自殘的樣子說了一遍。

「眞討厭，咱家哪有這樣子，如果是眞的，那我現在不就是一個怪物了。」小韓沒好氣地說。

「嗯，小韓人不是好好的嗎？會不會是因爲剛剛場面太驚駭，所以你的精神不太穩定，看錯了？」柯老師說。

「大……大概吧。」事實擺在眼前，也許眞的是我搞錯了，畢竟當時我才剛從無涯的恐怖中解脫出來，多半還有一點恐懼的成分留在體內，才會造成一時的錯亂吧!?

「咕嚕……咕嚕……」

不知道是誰的肚子在叫，於是，我拿出零食跟飲料分給大家。

「不過，剛剛眞是太奇怪、太恐怖了，你們都有看到那些……顏色嗎？」柯老師拿著車上的面紙，不停地擦汗。

「我也有看到，眞是太奇妙了！」我興奮地說，既然連柯老師都看到了，那一定不會是幻覺。

「奇妙？我倒覺得眞是恐怖。」柯老師苦笑。

「顏色？什麼顏色？」老楊邊開車邊轉過頭問。

「是啊？什麼顏色這樣大驚小怪？」小韓也探頭過來。

「怎麼？你們都沒看到嗎？見鬼了我的媽呀！那你們有感受到非常非常他媽厲害的恐怖感嗎？」柯老師有點激動地說。

「這倒不錯，本來聽到小徐的鬼叫就嚇到了，但是那些病患突然沒來由地大吼大叫，我好像立刻就昏了過去……接著，我就做了一個，不，是幾百個幾千個噩夢，據研究，一個夢的長度不過幾秒，但是，我彷彿一次，也就是同時，經歷了千百個最恐怖的噩夢，弄得我全身發冷，就連現在也是心有餘悸。」老楊說。

「這才像話，」柯老師拍著老楊的肩膀，繼續道：「不過，你還是錯過了最精采的部分，勃起，你應該見識到了吧！」

「對呀！柯老師眞是太神奇了，居然凌空旋轉，凌空喔！就是腳不點地那種，就這樣一直轉著，把所有昏倒的人身上的癲狂全給吸了過去，救了大家。」我崇拜地說。

「癲狂？」小韓問。

「喔，那是我給那些患者發出的巨大又狂暴的聲音，所取的名字。」我說……我現在看到小韓還是覺得怪怪的。

「取得不賴，就這樣叫它們吧。」柯老師說。

「謝謝老師。」我很高興地說。

柯老師肯定我的智慧跟創意，眞是我莫大的榮寵。

「等等，你說柯老師凌空旋轉，會不會又是你看錯了？」老楊笑著問。

「對呀，小哥，你也看到我在吃自己的手指，還把眼珠子挖出來，什麼凌空旋轉，什麼顏色的，會不會也是一時眼花呢？」小韓格格地笑了起來。

20 光的奧祕

「不是吧，我也看到了那些顏色，那些顏色是我從沒看過的色彩，很難用現有的詞彙表達，畢竟，我確定現有的七種顏色無法調配出來。另外，關於凌空旋轉，我雖然不知道我是怎麼辦到的，但是我印象非常深刻，說不定等一下我還可以表演給你們看。」柯老師笑著說。

「對呀，那些顏色還不只一種，我看大概有十幾種吧，不只無法想像，而且，還給了我一種恐怖的感覺。」我附和著。

「沒錯，我也這麼覺得，啊，差點忘了，勃起你最後那一聲大叫，也是超級震撼的，把那些瘋子全給震翻了，要不是有你這麼一叫，我還不知道要在空中轉多久……你怎麼做到的？」柯老師問。

「當時我覺得腦袋裡有一顆大火球在燒，我只是被它燙得大叫，這個叫聲遠遠超過我的力量，是怎麼回事，我也搞不懂，有好多事我都搞不懂。」我摸著自己的頭說。

「慢著，不要扯太遠，你們說看看，那些顏色是什麼東西的顏色？」老楊翹著鬍子問。

「我想大概是聲音的顏色吧，不過，更可能是……」我遲疑著。

「更可能是『恐怖』的顏色！」柯老師拿起零食吃了起來。

「恐怖的顏色？哈哈，恐怖有顏色嗎？哈哈……」這時，老楊正好下了山，便把車子停下來，索性笑個夠。

「是呀，我剛剛的確也感到一陣恐怖而昏倒，但是，恐怖不是一種感覺麼？感覺怎麼會有顏色？」小韓也輕輕笑著。

「三八婆，妳那麼快昏倒當然連屁都沒看到，沒看到，不代表就沒這回事。」柯老師臭罵著，接著又道：「老楊，你是心理學教授吧，你應該知道，在古愛斯基摩語中，並沒有『沙漠』兩個字存在，爲什麼？」

「那是因爲在古代，愛斯基摩人從未離開他們冰封的家鄉，所以當然沒看過沙漠，甚至，他們一直到十七世紀看到西方的航海者之前，都還以爲自己是地球上唯一的人類……」老楊絮絮不休地炫耀，一邊重新發動車子上路。

「重點就是，因爲他們沒看過沙漠，所以完全沒有認知關於沙漠一詞的基礎，就如同身居熱帶森林的部落，也無法想像冰雪一樣，這些都表現在溝通的語言上，我們的語言，絕不能脫離我們生活的世界；所以，我也眞的無法就我已知的詞彙，去形容無法想像的顏色；但是，如果就這樣否定其他顏色的存在，那我們跟古愛斯基摩人就沒什麼兩樣了。」柯老師振振有詞。

柯老師一恢復了神智，馬上就雄辯滔滔，眞是厲害厲害。

「但是顏色是由光譜分析得來的，有它的科學基礎，你這麼說有點強詞奪理吧！」老楊又在發表低見。

「顏色爲什麼一定要由光的分析得來，而不是別的東西，比如黑暗，我不認爲黑暗是缺乏光的狀態，只是人類無法做黑暗分析吧！還有，光從太陽那邊射過來，經過那麼長的距離，你怎麼知道它的性質沒有改變？加上，你怎麼知道光在土星或木星上，它的光譜分析也會得出同樣的七種顏色？還有最重要的是，你怎麼確定我們人類使用的器材可以完全掌握光的奧祕？」柯老師越說越快，老楊頓時語塞。

「好吧，就算你看到了奇怪的顏色，那又怎麼樣？」老楊臭著一張臉。

「我也不知道，不過那些顏色，眞的很不祥，我覺得，那根本不是人間應有的顏色，加上大家都因爲被這些聲音……癲狂……嚇到昏倒，而且也都感受到無與倫比的恐怖感，甚至一起失禁！所以，我更覺得這件事不簡單。」柯老師說。

21 蛋包飯

「我還有一件事沒說，」我插嘴道，「我剛剛騎車下山買東西時，發現連山下的便利商店裡的店員，還有裡面的顧客，也全都昏倒在地上，而且，也是全部失禁！」

「這……簡直不可思議，那些患者的叫聲連山下都聽得到，而且還被震昏到失禁，這……」老楊也開始不解了。

「……」

此時，車裡開始出現長達五分鐘的靜默。

沒有開口卻好像蘊藏巨大聲音的瘋子……一聽到我說話就發狂似地暴射出凌厲的巨響……那些癲狂巨響還有顏色……那些巨響席捲了我們，並帶給我們摧人心神的恐懼……那些巨響甚至震昏了山下的居民，但我們的耳朵卻都沒有事……柯老師凌空旋轉，並吸走大家的恐怖感……我大叫了驚天動地的一聲，切斷那些瘋子的鬼叫……我看到小韓厲鬼的模樣，但是她現在又好端端地吃著零食……

這些怪事雪球般滾在一起，滾成一個超級大謎團。

「楊教授，我們現在要往哪裡去？」小韓打破了沉默。

「嗯，要去我住的地方，今晚，以及以後，你們全都住我那邊吧。」老楊說。

「你家裡還有誰？」我問。

「沒有人了，自從我的精神開始不正常以後，我就跟我老婆溝通不良，前一個月她就搬走了，我想，她大概搬去跟兒子一起住了吧。」

老楊說完，神情落寞，連我看了也不禁同情他幾分鐘。

柯老師看著窗外，一語不發，不知道在想什麼。

也許在想祂的女朋友吧！

老師的求救信裡，傾訴了無法跟最愛的人分享愛意的痛苦，現在，祂一定很想念祂的女朋友。

「老師，您的女朋友呢？」我小心翼翼地問。

「小釧嗎？不知道。」柯老師依舊看著車窗外，繼續道：「我眞的不知道……有一天她在小吃店裡跟我講了一會兒話，就哭著走了，我不知道我究竟說了什麼……眞的不知道，從那天以後，小釧就沒找過我，就這樣消失了。」

此時，我看見柯老師流著眼淚，一串一串，從他茫然的眼中滴落。

「我知道，這個小釧，應該不是五年前我辛苦追求的小釧，但是，這有什麼分別呢？在這裡……在這裡，這個小釧還是一樣深愛著我，一樣喜歡跟我躺在清大的湖畔，一模一樣緊緊相擁的甜蜜，一模一樣依戀的眼神，一模一樣的……一模一樣……我不知道這個世界的柯宇恆到哪裡去了，但是，我很樂意代替他照顧我心愛的小釧，本來我以爲，只要還有小釧，我就……現在小釧走了，我好孤單……」

柯老師悲傷地痛哭，沒有保留地痛哭。

看到一向堅強的柯老師，這樣無助地哭泣，我的心，悶悶的好難受。

車子停了。

沒有人發問。

老楊摘下了眼鏡。

我不忍心看老楊，我知道他也一定很難過。

「我們會康復的，一定……」老楊靜靜地說。

「嗯，我們一定會離開這裡的。」我搖下了車窗，看著滿天星斗，彷彿聞到在幾萬光年外，媽媽在廚房煮飯的香味。

從小，媽媽就跟爸爸離婚，一個人撫養我長大，已經夠辛苦了，我又常常做出莫名其妙的舉動，讓媽媽操心……老是擔憂地帶我去看醫生的媽媽，這時一定焦急地等我回家吃晚飯……但是，現在，我的家不知道在銀河的哪一端？好想吃一口媽媽煮的蛋包飯……

我的視線逐漸模糊，滿天星星……也迷濛起來。

彼此懷著重重心事的四人，在小小的車上，卻擁有全世界最遙遠的距離。

在這樣一個初夏星空下，老楊吐出的菸圈，小韓的無語，柯老師無助的悲鳴，我腦海中那躺在番茄醬裡的蛋包飯，各自訴說孤獨的滋味。

到底這樣的折磨，還要持續多久？

如果我死了，我的靈魂會回到故鄉的土地嗎？

會回到媽媽的身邊嗎？

還是留在這個不知所謂的天堂，接受無盡的扭曲？

我不知道。

沒有人知道。

22 紙條

那個夜晚，我們就在老楊郊區的家裡過夜。

老楊家裡收拾得很整潔，沒有太多的擺飾，倒是有兩個滿滿的書櫃，頗有讀書人的架勢，不過這麼多書也只是擺好看的，他現在一定看不懂。

接著，大家輪流進浴室洗掉一身的屎尿味，簡單地盥洗後，老楊便帶我們上樓挑寢室，小韓挑了老楊大兒子以前的舊房，我跟柯老師則一起擠老楊小兒子的房間。

但是，今天的經歷實在太難以想像了，我跟柯老師翻來覆去都睡不著覺，今天找到了幾個同伴，著實興奮了許久，加上一閉上眼睛，就看見那些瘋子吼叫的樣子，心裡就更不平靜了。

柯老師索性在床上翻起觔斗來，看來祂對今天凌空旋轉的表現還無法忘情，不過，祂一次也沒能成功。

老師在那裡翻觔斗，我更不用睡了，於是，我們乾脆決定下樓東摸摸、西看看。

樓下的燈光仍未熄滅。

老楊一個人坐在沙發上，手裡拿著一本相簿。

「在看什麼？」柯老師問。

「這是三年前，在我大兒子結婚的喜宴上拍的，你看，旁邊這個是我的小兒子，一個月前也結婚了。」老楊說。

「一個月前？那時你不是已經……」我湊過去看相片。

「沒錯，那時我已經變成現在這樣，所以——那一場婚禮，因爲我的家長致辭搞砸了一切。」老楊嘆了一口氣，闔上了相簿，又說：「從那一天起，我和我老婆就一直吵架，吵些什麼，我也不清楚。」

噢！那一定是一段超級糟糕的婚禮致辭。

這時，小韓也下樓了。

「我聽到樓下有聲音，知道你們在聊天，恰巧，我也睡不著……」小韓揉揉眼睛。

「過來一起聊天吧！」老楊招呼著。

「不急，我去給你們燒壺茶。」小韓軟軟地笑著，拿起桌上的茶壺，轉身進了廚房，不久，小韓便端著茶香四溢的烏龍茶出來。

「對不起，我今天太激動，罵妳三八婆，妳不要掛在心上。」柯老師說。

「不會啦，要不是你，我現在還在……」小韓頓時羞紅了臉。

好美，眞的好美……

這個時候我終於知道我外號的由來了。

「對了，我在小吃店裡聽到——妳是……對不起，我直說好了，妳不是偷渡來賣春的嗎？那應該受到嚴密的監視才對，爲什麼能順利逃出來跟我們會合呢？」柯老師說。

「我自己也覺得挺幸運，那張報紙上的廣告，正好是一位客人付給我的『錢』，我看了簡直獲得了重生，當晚，我同那個皮條大哥說了一會子話，就頭也不回地走了，走了，也沒人追上來，我也不知道我說了什麼，自己也挺想知呢。」小韓一邊幫我們倒茶，一邊笑著說。

「眞是幸運。」我看著眼前冒著熱氣的烏龍茶。

「能碰上你們，才是幸運呢！」小韓笑著，自己也倒了一杯茶。

一時之間，笑聲，烏龍茶的熱氣，小韓的笑臉，讓大家都忘了幾個小時前在車上的孤獨。

「還有一點也很慶幸，小柯在新竹車站貼的A4紙條，要不是它，我眞不知道我該在哪裡下車呢。」老楊說。

「紙條?什麼紙條？」柯老師疑惑地說。

「就是您貼在月台站名看板的那張紙條啊，我也是看了那張紙條才下車的。」我說，小韓親手泡的茶果然好喝，之前把她看成那麼恐怖，我眞是白爛！

「我沒有貼什麼紙條啊！」柯老師認眞地說。

不是柯老師貼的，也不是我或老楊貼的，那……是小韓？

「但是也不可能是小韓貼的啊，她最後一個到的……」老楊也皺起眉頭。

「嗯，不是我，我也是看到那張紙條才下車的。」小韓說。

「等等，是什麼紙條？」柯老師問。

於是，我把那張紙條的內容說了一遍，但是柯老師還是否認是祂寫的。

23 排除

在這裡的四個人，都沒有貼那張紙條，那麼，貼紙條的人在哪裡呢？照理，那個人現在應該跟我們坐在客廳裡，一起泡茶聊天啊！好不容易有了同病相憐的夥伴，怎麼會不來聚聚呢？

「會不會，是我們太早離開小吃店的關係？」我問。

「不可能，要是你們都看過那張紙條，就表示那一個人最早來到新竹，而且，紙條上正確描述了小吃店的位置，表示他還到過小吃店……既然到過了，又回到火車站留下紙條告知遠來的同伴，他一定會立刻到小吃店裡等候的！」柯老師斬釘截鐵地說。

「但事實上，的確有一個人，不在我們之中的一個人，貼了這張紙條，而且，最嚴重的是，我們的旅程漏掉了他。」老楊說。

好慘！那個人，現在一定還在孤獨地面對扭曲吧！況且，知道有同伴卻又不小心被排除在外，那種感受一定更嘔了。

「我們一定要找到他。」柯老師捏著拳頭，又道：「要不然他實在太可憐了。」

「這是一定的，而且這一次，我們要找出更多的夥伴！」老楊說。

「有道理呦，我想，會看到小柯登的報紙廣告，本來就是可遇不可求，我也是因爲那個客人才看到的，平常，報紙寫得一塌糊塗，誰會想去翻翻？我想，上次一定還有很多同伴，沒有看到柯老師的求救信。」小韓說。

「所以，這次我們要連登幾天的報紙，第一，也許還有許許多多的難友沒有注意到上次的求救信，連續刊登可以增加他們不小心接觸的機會；第二，上次留下紙條給我們的難友，也一定每天瘋狂地翻報紙猛瞧吧，至少一定能找到他。」老楊興高采烈道。

「同時，我們也要注意這幾天的報紙，說不定那個倒楣的朋友，會模仿我的做法，想依樣畫葫蘆地找到我們。」柯老師附和著。

「嗯，還有，小柯的做法很高明，一次刊出上萬字的廣告，只要稍微翻一下報紙，在奇怪的符號堆裡，這萬字求救信就很顯眼，不難發現，所以，我們這次也要一次刊出兩個版面，不過萬字就不必了，只需斗大地寫『求救』兩字，旁邊再附上我這裡的地圖，跟一些簡單的說明即可，這樣連續幾天地刊，一定會找到新的同伴！」老楊眉飛色舞地說。

「就這麼辦，不過，這樣會花很多錢，雖然留著那些廢物也沒用。」柯老師笑著，繼續道：「想到我先前跟報社的廣告承包商亂七八糟地談話，還硬塞一大張他們眼中的塗鴉，加上許多肢體語言，才終於把它刊登出來！現在想起來真是好笑……」

「可是，老楊你的錢夠嗎？」我想那麼大的版面，加上連續刊登幾天，費用一定很龐大吧。

「應該沒問題，雖然什麼是錢，我到現在也搞不清楚，但是用信用卡的話就沒問題了……我估計，我的戶頭裡還有個三、四百萬吧。」老楊說。

「真有錢，那我們明天就去刊吧。」柯老師說。

「好，我去拿紙筆。」老楊說。

過了幾分鐘，老楊拿起毛筆，在一張四開圖畫紙上，蒼勁地寫了「求救」兩個大字，端詳了一會，看來頗覺滿意。

「這樣是不行的。」柯老師又說：「寫得太藝術了，怕其他難友乍看之下，還以爲是奇怪的符號。」

說著說著，柯老師逕自拿起一枝毛筆，有條有理地一筆一畫，勾出「求救」兩個整齊的大字，隨意看了一下，說：「寫得不好，但這樣比較清楚。」

「好吧，也許你是對的。」老楊收拾了筆墨。

之後，四個人都沒有回房間睡，仍在客廳裡圍著聊天。

也許是怕寂寞，也許是他鄉遇故知的歡喜，也許，是更怕一覺醒來，身旁的新朋友，又會說起自己聽不懂的語言。

24 老獅子

捧著小韓泡的熱茶，似乎已融化各自的心防；於是，就好像癌症末期的病人彼此加油打氣一樣，四個人輪流訴說自己的故事。

老楊是個標準的「社會順境者」，建中，台大，出國留學，美國心理學博士，德國社會學博士，回國時一堆大學教職等著他挑選，後來他便一直在台大教書，前幾年還當過心理系系主任，兩個兒子也分別出國留學，沒什麼值得操心的，多年隨意投資的幾張股票，也穩定地成長。快退休的他，一直盤算著跟結髮多年的老婆，到法國的小鄉村度過餘生。

老楊的上半生可說是十分幸運。

但現在，他在兒子的結婚典禮上說錯了話，兒子不鳥他了，老婆也跑了，就算搭

了飛機，也不知道會降落在哪一個烽火連天的非洲小國，更別提法國了。

老楊說完，摘下了眼鏡，小小的眼睛，花白的頭髮，與濃密的大鬍子，像一個睿智的大哲人，也像一頭蒼老的獅子。

最像一頭充滿哲思，卻飽受尿道炎之苦的老獅子。

換小韓了。

小韓的故事，有如四流劇作家在馬桶上所寫的八點檔苦情連續劇。

小韓是大陸福州人，從小家境雖然清苦，但父母還是希望她能多受點教育，將來能藉此擺脫貧窮，所以全力支持小韓一路唸到了大學，但是好景不常，在她快要畢業時，一個遠房親戚欠下鉅款跑人，但當初父親卻因爲好心，做了那親戚的保人，所以一下子突然負了一筆龐然重債，壓得家裡經濟喘不透氣，她很怕父母親會因此承受不了走上絕路，只好尋求管道偷渡來台灣淘金。

很俗氣的劇情吧，但是這故事就在我身邊發生，它的悲哀是眞實的，小韓也是眞實的，我心裡的皺紋也是眞實的。

現在，小韓沒能順利偷渡到台灣，卻自動向魔界報到，但更令她心急的是，不知道福州老家的雙親情況怎樣，父母會不會擔心，對於回家更是奢侈的願望。

小韓絕對是個「社會逆境者」，但是看到我們眼眶紅紅時，卻又著急地陪笑臉，要我們不必爲她擔心，她的可人模樣與善良，只有令我們更加難受。

「小韓，妳不必擔心，只要我們能回復邏輯理智，或回到原來的世界，我一定想辦法幫助妳解決財務困難，反正景氣不好，我的股票也該賣了。」老楊誠懇地說。

「那……那怎麼行……」小韓忙說。

「沒關係，妳就接受老楊的好意吧，錢這種東西，不過是把幾個數字印在一張紙上，我們經歷了這麼多的無秩序體驗，也該對自己的生活有全新的態度，這世界上，有太多事物遠比金錢重要，像我，不就辭去科學園區的工作跑到小吃店裡洗碗嗎？」柯老師滿不在乎地幫老楊散財。

「對呀，別說錢，其實小韓妳要是不嫌棄，我眞想把妳給娶回家……」我說。

「啊——小徐哥你不要說笑。」小韓俏臉飛紅。

「小柯說的不錯，我們有這樣的緣分，一起……」老楊說。

「一起落難！」我接著說。

「是的，一起落難，而且還不是一般的災難，這樣的交情，錢已經不重要了，我們有機會一起經歷這一切，是難得的緣分，老天這樣的安排，一定有祂的用意，我們應該好好珍惜這份友情。」老楊說。

「老楊，你剛剛說什麼老天的安排？你不是擁有兩個博士頭銜的教授嗎，怎麼也跟別人一樣信鬼神？」柯老師好奇地問。

「學識跟信仰是兩回事，尤其是在這一連串的怪事以後。」老楊瞇著眼。

「說的也是。我的故事大家在求救信裡都已讀過，就不再贅述，接下來該換勃起了，說說自己吧！」柯老師說。

25 母愛

於是，我把自己悲慘的成長過程，用極其哀傷的口氣訴說出來，盼能勾起小韓母性的同情本能。

在很小的時候，我爸就跟我媽離婚了，原因我不清楚，多半是個性不合那一類的屁話吧，不過我爸還不算太壞，走時留給了我們母子一間公寓。

不久後，我的人生出現重大的急轉彎。

在小學三年級時，我第一次看見外星人。

還記得，那是在跟隔壁的小美和樓下的小豬，在學校的沙坑玩時看到的，那個外星人長得不壞，有點像蜥蜴跟斑馬聯手生下來的孩子，矮矮的，大概只有五十幾公分，很和氣地在沙坑裡跟我聊天，聊些他星球上的瑣事。

不過小美跟小豬都說沒有看到那個外星人，這點讓我感到很失望，不久後我就跟他們斷交了。

從那一天起，我就不斷地看到各式各樣的外星人，包括比克。

我媽媽對於我的遭遇一直很自責，她認為我是因為缺乏父愛，才會精神不正常，醫生也說，或許是因為我一直沒有爸爸或兄弟姊妹，所以會幻想出奇怪的東西陪伴我。

但是，不管他們怎麼說，我就是看到了。

如此，沒人願意相信我，我的心理就一直很不平衡，在處理人際關係時，也因為受到與外星人長期互動的影響（外星人的談吐、行為當然跟地球人不一樣），導致我成為大家眼中的怪胎，除了偶爾被老師無理的體罰（唱國歌時尿褲子是我的事情，干他屁事），同學也沒停止過欺負我。

讀書時也常有外星人來找我聊天，他們有時坐在窗口，有時躺在我的枕頭上，有一次河馬星人來，我的房間幾乎被撐破，因為他有十個歐尼爾加起來那麼肥，但聽他說，他已經是他們星球裡的瘦子了。

好肥的星球……

你該知道，他們總有一大堆新奇的東西要說，那些在地球不可聽聞的妙事我都不願錯過，所以我高中聯考考得很不好，但是媽媽還是想辦法讓我進了昂貴的私立精誠中學，這就是母愛。

上了高中不久，媽媽帶我去收驚。結果，那美克星人扮成收驚婆，偷偷餵我吃格魯，逼我做什麼星際大使，害我氣得要死，除了定期跟比克報備機密要事外，我就再也不跟那美克星人講話。

接著，我在補習班睡著後，一覺醒來就來到這奇怪的地方。起先，就我跟其他外星人溝通的經驗，我猜想這裡很可能是另一個星球，但是發現人際關係沒有改變時，我終於開始迷惘。

所以，柯老師的「平行時空論（魔界論）」，加上比克的「屌克論」還是比較有道理的。說完了。

柯老師、小韓、老楊，個個都張大了嘴巴。

難道，連在這個同病相憐的小團體裡，我照樣要變成受排擠的異類嗎？

「啪啪啪啪啪啪啪……」柯老師大笑地鼓掌。

「他媽的，你眞是太神了！哈哈哈……」柯老師開懷地說。

這次，換我張大了嘴，不能置信地說：「柯老師，你相信我？」

「相信！要不然，我在火車上才不會聽你轉述比克的話，還投入心思思考屌克的事！」柯老師說。

柯老師眞是我的救星。這輩子第一次有人如此相信我！

「等等，小徐曾經在小吃店裡召喚……召喚比克，但是我跟小韓都沒看到任何奇異的現象啊！」老楊不以爲然。

「是啊，我也不信，而且小徐哥，我們不是說好，不要再提什麼超能力了嗎？」小韓噘著嘴。

26 吳宗憲

「不對，不對，大錯特錯！」柯老師繼續道：「在這麼多怪異的事發生後，你們都還沒察覺……我們所經歷的一切，絕不是單純的精神疾病或掉到奇怪的空間嗎？

在精神病院裡，儘管老楊跟小韓沒有跟我和勃起一樣，對那些沉默的患者有奇妙的感應，但大家都被那些患者突然發出的巨響所震倒，則是鐵的事實；被震倒後，大家也同時被巨大的恐懼爬滿全身，甚至不約而同屎尿齊出，這些還會是巧合嗎？

而且，我也相信勃起所說的，他看到山下的便利商店裡，也躺著失禁的顧客跟店員。老楊，當我們在車上醒轉後，精神病院的警衛不是蹣跚地向我們走來，口中嘰哩咕嚕的，好像在問話，當時你不是說了一句『好臭』嗎？雖然當時腦袋還不很清楚，但我想那些警衛眞的跟勃起說的一樣，也失禁了。

「你想想，門口的警衛離精神病院裡的交誼聽那麼遠，卻也被那狂濤般的叫吼聲震到尿褲子，這不是很奇怪嗎？那詭異的叫聲還傳到山下去，不，甚至更遠，但我們的耳朵一點事也沒有，一點不舒服也沒有，這簡直太玄。所以，這件事很不尋常，非常不尋常，我認爲絕不是我們的精神有問題，但究竟發生了什麼事，我現在也說不出個所以然。

「等一下，我好像扯太遠了。我的意思是，這麼怪異的事都可以發生了，大家也都那麼眞實地體會到，所以勃起說他能看到外星人，我願意接受，至少不排斥，況且，比克說的話……

關於屌客的部分，我覺得滿有道理的，可能的話，我希望大家都能聽聽勃起的意見，不要一開始就抗拒，在小吃店只有勃起看到比克，也許是勃起的腦波真的異於常人吧！」柯老師認真地說完。

「唉，我也承認精神病院那件事真的很奇怪，OK，小徐你說吧！」老楊無奈地說。

於是，我把比克跟我的對話詳細複述了一遍，說完後，老楊陷入沉思，小韓仍是一臉踩到大便的樣子。

「好，我會仔細想想看這個說法；還有，小徐你說下次聯絡比克時，是在下個月？」老楊站起來，收拾桌上的茶具。

「嗯，這是星際傳輸的資源限制，下個月還很久，這中間我們可以好好想想要問哪三個問題。」我說。

「好，我會準備問題的，還有一點……」老楊臉紅了，「如果我們都自願擔任星際大使，比克就會救我們出去嗎？」

「我想沒問題吧，但我不知道是不是自願擔任星際大使就可以當，也許要能看得見外星人的地球人才可以當也說不定。」我說。

「那……如果你又當了星際大使，你能叫你的外星人朋友救我們出去嗎？」老楊扭捏地說。

「……會吧……」我有點飄飄然。

「媽的，別搞錯了。要是我們的腦袋裡真的有屌客，照比克的說法，是沒有救的，而且我們應該不是在別的空間，而是還在地球上；只是因爲寄生在腦子裡的屌客吸取我們的邏輯，我們才會失去跟符號世界互動的能力，變成瘋子只是遲早的事。當然啦！最好不是這樣子，而是我們在另一個星球上。」柯老師說。

「最好是這樣了。」老楊終於屈服了。他的「精神病說」終於被擊倒了。

這樣很好，我寧願被放逐在奇怪的星球，也不願變成神經病，這是我的理念。

接下來的十幾分鐘裡，沒有人接腔，四個人都癱坐在客廳的沙發上。

「好啦，我看大家都很累了，要不要去睡了？」柯老師懶懶地說。

「我不敢一個人睡……」小韓怯怯地說。

幹！我又勃起了。

「我也是……」我害臊地說。

「那好，今晚大家就在沙發上擠一擠吧。」老楊說。

「謝謝！」小韓鬆了一口氣，高興地抱著沙發上的小枕頭，閤上了水汪汪的眼睛。

我嘆了一口氣，閉上雙眼，意識漸漸模糊。

SEPTEMBER
嗯？
還看電視……
晚飯好囉，
去洗手來吃飯吧！

我坐在彰化的家中，一邊看著吳宗憲主持的節目，一邊吃著媽媽剛做好的蛋包飯，熱呼呼的，每一口都要先吹吹氣才不會燙著，媽媽坐在一旁，抱著慵懶的Lucky梳毛，Lucky舒服地低吟著……

是夢嗎？

是夢。

我忍住眼淚，生怕淚珠一旦滴落，我便會哭醒。

至少今晚有個好夢。

〈星際百貨郵購型錄203〉
編號：K8297 名稱：人類
用途：誠徵中

27 禪讓

我睜大了雙眼。

太陽公公在微笑。

金黃色的陽光穿過陽台，灑滿了客廳，蒸發掉我眼角的淚痕。

老楊站在落地鏡前打著領帶，柯老師則光著上身，在玄關對著空氣揮拳，大概是在練拳擊吧！

我睡眼惺忪地坐了起來，伸了個懶腰。

「醒啦？睡得跟豬一樣。」柯老師氣喘吁吁地說。

「我跟小柯等會要去報社登廣告，你要一起來還是再睡一下？」老楊盯著鏡子說。

「小韓呢？」我含糊地說，睡蟲還沒完全離去。

「我？我不去了，我想留在這兒等你們回來。」小韓從廚房應著，接著便端出一盤蔥蛋。

好香！小韓眞是太貼心了，她能一起落難眞是太好了。

「有吃的了，還不快起來！」柯老師在我的背上重重一搥。

「別太期待呀，冰箱裡就只剩這幾個菜，我不過隨便弄弄。」小韓笑著說。

「我先吃一口不遲。」柯老師還沒坐下，用手拿起蔥蛋就吃，說：「很不賴啊，再不過來我就一個人全吃了。」

柯老師君無戲言，言出必踐，我趕緊跳下沙發，拉了張椅子坐在餐桌旁，不久，老楊也笑咪咪地走來。

「開動！」柯老師一邊說一邊猛吃起來，小韓在一旁笑著，顯然好開心，柯老師越是狼吞虎嚥，小韓的笑容就像向日葵一樣，笑得越開心。

柯老師果然英雄氣概，才一天就贏得小韓芳心，自古名妓贈英雄，我雖然貴為超能異者，但相較於柯老師的氣宇天成，我絕非其泡妞對手，可惜可惜，眞是太可惜了。

我酸苦地嚥下稀飯，眼淚差點沒滴下來。

「小徐哥，我做的菜……不合你的口味嗎？」小韓緊張地問。

「沒——沒這回事，很好吃——眞的！我只是有點拉肚子，想『棒賽』。」我連忙夾起一堆菜往嘴裡送。

這一頓早餐我吃得好苦，想到小韓看著柯老師的眼神，我的心就皺了起來。

本來嘛，我就沒什麼比得上柯老師……

早餐後，小韓跟柯老師在廚房一起清洗碗筷，老楊已站在玄關呆呆等候。

「對了，勃起，我跟老楊要去登他媽的廣告，一下子就回來，你就留在這裡陪小韓，順便好好『棒你的賽』，別拉壞了。」柯老師大剌剌地說。

「啊？」我感到好茫然。

「我們家勃起青年才俊，有所勃有所不勃，小韓妳要好好把握，莫失良機。」柯老師煞有其事地拍著我跟小韓的肩膀。

柯老師——我好想跪您！人類禪讓美德的情操，在您身上表露無遺。

「是的，這點我恐怕不能否認，我的確就是外界傳言中的有為青年。」我也誠懇地拍著小韓的肩膀。

那一瞬間，我想到了《稻中桌球社》。

「那勃起就交給妳了，妳這個幸運的傢伙！」柯老師笑著，碗也洗好了。

「啊？你們在說些什麼？」小韓似懂非懂地笑著。

「柯老師是說，我是寶劍，妳是劍鞘，也就是——」我得意地說。

「別儘說些有的沒的，你們年輕人都是這樣說話的嗎？小柯，我們走吧！」老楊打斷我們的談話。雖然身處魔界（or else），老楊仍是個急性子。

「那我們走了，掰掰！」

柯老師說完，便同老楊開車走了。

氣氛有點冷。

我是一個害羞的男孩，雖然年輕有為，前途亮得讓人睜不開眼，但完全沒有跟異性正常相處的經驗。

你知道的，都是外星人害慘了我。

「小韓，就剩我們倆了。」我拿起桌上的面紙不停拭汗。

「嗯……」小韓低著頭，把玩著沙發上的抱枕。

那個抱枕是一隻小貓的形狀，小韓就一直捲著小貓的鬍子，捲了，又放開，然後再捲起來。

這種機械性的動作，說明了小韓的尷尬。

〈星際百貨郵購型錄204〉
編號：D666　名稱：地球
用途：不限，唯不可移民、殖民，或侵略（無意義）
得獎：年度最佳武器試爆場所認證
　太陽系報評鑑最適合病菌（ex：人類）居住星球

28 尷尬病毒

尷尬的空氣可以使一個人完全改變行爲模式，就我長期的研究，可分爲三點：

（一）無限擴大的好奇心。你會開始對很多小東西產生巨大的興趣，在新朋友的房中觀察削鉛筆機的構造，在PUB裡研究吸管的韌性，對麥當勞餐巾上的宣傳再三細讀，平日的大而化之完全消失，代之的，是福爾摩斯考古式的細究。

（二）機械性的小動作。眞該找你去組裝各式各樣精密的小零件，你可以把薯條切成一片一片的，再把它切成一粒一粒的，把餐紙撕成整齊的小方塊，將吸管咬成一條條的魷魚絲，然後在玻璃窗上用指甲不停地畫圓，這些動作往往可以持續數個鐘頭，直到一種叫「尷尬」的病毒走了爲止。

（三）落花水面皆關心。即使是剛剛認識不久，你卻對他的家人、生活習慣、興趣、星座、小學二年級的趣事產生濃厚的興趣與關心。他的狗剛死了，你的臉色馬上顯露出深沉的哀愁，他的妹妹重考，你會立即關心她的前途與補習班的環境……雖然昨天你最好的朋友說他肚子痛時，你只是淡淡地叫他去死。在研究這一點時，我終於發現星座的用途——你永遠可以熱切地關心對方的星座配對而不被起疑。

現在的小韓，已經進入我研究範圍的第一與第二個步驟。

反覆地捲著貓咪枕頭的鬍子後，她開始研究老楊馬克杯上的圖案，彷彿這個杯子有上千年的歷史似的。

「小徐哥，你那隻叫Lucky的小狗，是公的還是母的呀？」小韓一邊端詳著馬克杯上的紋理，一邊細細地問。

「是公的，牠是我國中一年級時在街上撿到的，裘德（註：裘德是佛珠星人，他的臉就像佛珠，一粒一粒的，還會發光）叫我養，我就養了。」我說。

「喔，小徐哥好有愛心，養多久了呢？」小韓摸著馬克杯，似乎想從那鳥圖案中發現什麼大奧祕。

喔幹！我的天！小韓已經進入「尷尬研究三部曲」的第三個階段了，我說過我是高三生，而我在國一撿到Lucky，用簡單的減法就可以知道我養了Lucky五、六年，小韓已開始不用大腦問問題了，開始無所不關心了——怎麼辦？再這樣下去，我一定會被小韓鋪天蓋地的關心給淹沒。

「差不多養了五、六年了，牠還常常陪我睡覺……」我說。

「牠可以跟你一起睡覺喔，好幸福的Lucky，牠一定很可愛，是哪一種的狗啊？博美？馬爾濟斯？」

「是博美，妳怎麼知道的？」我冷汗直流。

「亂猜的啦，我的第六感很準吧，天蠍座的女孩第六感都很靈光的！」小韓笑著，放下了馬克杯，但又開始琢磨桌子上的大理石紋路。

星座！幹！是星座！媽的，終究還是不能避免！

「嗯，是真的嗎？我……我也是天蠍座的，那我的第六感呢？」我崩潰了。

「男孩的話嘛，那就差了這麼一丁點兒，不過呢，天蠍座的男孩挺反覆的，在你們這兒，好像就叫龜毛。」小韓的手指開始隨著大理石的脈絡移轉。

不行！我一定要阻止尷尬病毒的蔓延，我一定要展現我幽默風趣的一面，力挽狂瀾。

「ㄜ——我每天早上都要……都要上大號，就是大便的意思，有一天我突然發現，我每天早上大的大便都跟前一天的大便不一樣，完全不一樣；顏色、長短、濃稀、結實度、形狀，全都不一樣，即使我連續幾天都吃同樣的東西，我的大便還是每天都不同，很怪吧。我想，我真的是一個很特別的人，上天一定是有什麼任務要交代給我，那個書上不是有講，天將降大便於斯人矣，就是這個意思。」我興高采烈地說，希望能讓小韓的目光從大理石上移開。

罷。

29 四肢交纏

「……」

小韓是把目光移開了，而且還注視著我，但我想這種充滿疑惑跟窘迫的眼神還是不要也罷。

「我昨天的大便是深棕色，還鑲著玉米粒，但我昨天跟前天根本沒吃過玉米，神奇吧！我想那應該是我上星期吃的玉米留下來的，ㄜ，妳等一下要不要看我待會……啊，算了……」我本想邀請小韓同我一起鑑定我待會大出的美便，但瞥見小韓惶恐的臉色，我不禁打退堂鼓。

「小徐哥，我頭有點痛，大概是昨晚沒睡好吧，我想進房裡休息一下，等楊教授他們回來後，你再過來叫醒我，好嗎？你知道，鬧鐘老是怪怪的。對了，記得先敲門再進來喔。」小韓說完，就摸著自己的頭上樓了。

唉，我還是搞砸了。

像老楊這種人，只有在魔界才會說錯話，而我，到哪裡都是一個樣，多說多錯——看來，我是完全辜負柯老師的美意了。

看著小韓的背影沒入二樓的房門，我頹然坐倒在客廳的沙發上，全身的筋骨一下子鬆散開來，看來，小韓走了，尷尬病毒也跟著走了，雖然痛恨自己的不善言辭，但沒有相處的壓力好像也不是壞事。

我抱著小韓剛剛把玩的貓形抱枕——緊緊地抱著，將鼻子湊了上去，將小韓殘留的體香飽飽地吸進我的肺細胞，好香——剎那間，我又勃起了。

爲什麼女人總是可以那麼香呢？

爲什麼越漂亮的女人越香呢？

我使盡全身荷爾蒙的力量抱緊小韓留下的迷人味道。

多半眞的是昨晚沒睡好，沒多久我就沉沉睡去，直到我從沙發上滾下來時，我才猛然驚醒。睡了多久？我不知道，這裡的時鐘沒一個正常。

我在地板上坐起，回憶剛剛的夢境，隱隱約約中，小韓與我在沙發上狂烈地四肢交纏，她的唇吻遍了我每一個毛細孔——到現在，我的嘴上還留著夢裡的滋味；聽老楊說夢其實只有十幾秒，眞是太可惜了。

我好想再進入夢裡一次……

等等！我有個計畫。

我將拖鞋取下，開始舒活筋骨，特別是腳踝跟膝關節的部分。

接著，我用力前後踢了幾下，然後躺在地毯上用四肢撐起全身，就像蛙人操一樣，我要徹底將四肢關節舒展開來。

五分鐘後，我靜坐在地板上，調勻我的呼吸，直到汗水風乾、喘息停止，最後，我擤了擤鼻子，強迫自己打兩個噴嚏。

I'm ready。

我躡手躡腳地輕踏上樓梯，往小韓睡覺的房間邁進。

每一腳都踏得很慢、很穩，沒有半點聲息，因為我剛剛的舒展運動，我的腳關節也沒有發出不自然的「喀拉」聲，我的呼吸也控制得很平靜、很細，完全沒有打噴嚏的衝動或鼻水震動的聲音，這就是準備的重要跟經驗的可貴。

小韓的門口。

雖然竭力壓抑興奮與緊張交融的心情，我的呼吸仍不免混亂了些。

我將耳朵貼近門板，想聽聽房裡的任何聲音。

「等等，我到底要幹嘛？就這樣杵在這裡偷聽？如果小韓真的在睡覺，那又有什麼好玩的聲音？我在做什麼？」我心裡嘀咕著，不過即使什麼都沒做，我的心頭仍燙得不得了，偷窺慾不在於真的能看到什麼、聽到什麼，而在於滿足自己卑鄙的想像。

30 是尿

呢喃聲。

我的心跳急速加快。

房門的另一邊，低迴著細細的呢喃聲，聲音很細，聽不清楚在說些什麼，但音調軟軟的，很規律，像是在唸什麼經文之類的，這呢喃偶爾中斷幾秒，但馬上又開始，聽來沒有要結束的意思。

「是小韓在說夢話嗎？」我想著。

好吧！其實我根本就不認爲那是夢話，夢話不會持續那麼久，因爲在不知不覺中，我已經偷聽了幾分鐘了，而夢只有短短十幾秒到數十秒罷了。

「難道……小韓……小韓在……自慰？」一想到這個可能，我的心臟簡直快從我的口中爆出。

沒錯，這呢喃聲持續了這麼久，既不像什麼語言，音調也很規律平緩，說不定眞的是小韓自慰所哼的聲音，對！不會錯的，我的小雞雞也很同意我的判斷。

「如果是……我該怎麼辦？像電影《美國派》的男主角一樣，推開門說：『Do you need my help?』不不，門一定是鎖著的，電影都是亂演的，不不，門一定不是鎖著的，小韓之前不是叫我在柯老師跟老楊回來時，到房裡叫她起床的嗎？這樣的話，房間一定沒鎖，對，一定沒鎖！幹！沒鎖又怎樣？我又沒那個種開門，如果她不需要我幫忙，反而會討厭我，這就不妙了……」

在我胡思亂想時，冷汗已浸溼我全身上下，再這樣下去，我一定會射出來。

我決定走。

我知道我沒那個種。

「OK，就這樣，別想太多……反正，以後有的是機會。」我安慰自己。

在我轉身離去時，我突然討厭起自己。

機會？根本就沒有機會。

我深吸了一口氣，趁我全身發燙、來不及思考時，我一個箭步推開了門。

我後悔了。

門裡的景象不是我應該看到的。

你曾經在一秒鐘裡罵一千次的「幹」嗎？

沒有，但是你要是看到房間裡的情景，你絕對會想這麼做。

一個怪物。

一個在各種定義底下，都會被稱爲怪物的怪物。

雖然我看過上百種外星人，但是沒有一個像這個怪物那樣令人作嘔，令我戰慄不已。

牠全身腥綠，長滿了綠色鱗片，鐮刀般的翅膀，頭上有兩對羚羊狀的巨角，腿很細長，卻閃耀著銳利的碧紅，牠的尾巴像一條掛滿倒鉤的鞭子，不規則地快速擺動。

如果，如果牠有名字，那一定叫「惡魔」。

牠單腳跪在地上，雙手擺直垂地，頭也垂得很低，口中細細呢喃，像是在進行著某種膜拜的儀式。

我的腳釘在門口，動也動不了，一股暖流，貼著大腿，沿著小腿，慢慢地浸溼我的左腳底。

是尿。

「惡魔」並沒有被我突然推開門的舉動嚇著，一動也不動，只是不斷地低語，這時我看見在「惡魔」的前方，有一個拳頭大小的玻璃球（或水晶球？），裡頭似乎有一個小小的影像在動。

不知道過了多久，我仍然像石像一樣站在門口，我心中的恐懼並沒有隨著時間流逝而麻痺，只有更加害怕，特別是「惡魔」一點反應也沒有。

「咯——」

「惡魔」的臉抬了起來。

幹！好醜的臉！如果我的腳還能動的話，我真想往牠的臉踹一腳……幸好，我的腳還是一動也不能動。

西瓜般巨大的雙眼盯視著我，臉龐邊還蠕動著蜘蛛似的八隻小腳，沒有嘴巴，至少我沒看到正常的嘴巴，臉赤紅，要是我沒眼花，牠的臉上還微微有青色的小火流竄著。

還好我認識的外星人裡面也有長得不怎麼樣的（但加起來也沒有牠醜），我才得以鼓起勇

氣問：「你……你……你是哪……哪一個……星球來的？」

「惡魔」沒有回答。

我想我大概要被殺了吧。

幹！真是太不爽了——早知道下樓打槍就好了。

這時，「惡魔」巨大的眼睛慢慢出現一小格一小格的紅光（跟蒼蠅一樣，蒼蠅看似巨大的眼睛其實是上百個小眼睛組成），一格接著一格，我的視線也不由自主跟著紅光的位置移動，幾秒內，我的眼皮漸漸沉重，好想睡覺，也好，睡著了就可以不用害怕了，我闔上了眼睛，向後一倒，滾下了樓梯。

31 冷汗直流

好痛！我的臉頰好痛。

「喂！你他媽的要睡多久？」

我睜開眼睛，看見柯老師的手揮擊下來，我吃驚地躲開。

一躲開，「砰」的一聲，我痛得說不出話來，原來我剛剛從沙發上摔滾下來。

「終於醒啦！虧我還叫你叫我起床呢。」

是小韓的聲音！

我抄起大理石桌上的花瓶，火速翻身而起。

「幹！」我警戒性地大吼。

只見柯老師往後一躍，怒道：「要白爛啊？」

小韓怯生生地站在老楊身旁，端著水果盤，也是一臉的錯愕。

等等，「惡魔」呢？

我掃視了客廳周圍，一面回想昏倒前恐怖的情景；那個「惡魔」眼睛所發出的小紅光一定有什麼古怪，要不，我怎麼會突然暈了過去？是催眠的作用嗎？的確很有可能，但是——有這個必要嗎？那「惡魔」可以輕而易舉地將我撕成八塊，不，八百塊，爲什麼要那麼費事把我迷昏，還……還把我放在沙發上（我是滾下樓梯，但不可能一路滾到沙發上）？

「你在幹嘛？做了三小時白痴噩夢啊？把花瓶放下。」柯老師不耐地說。

我緊握著花瓶，慢慢地將它放回桌上，但我的眼睛一直沒有離開小韓。

感覺很差……

我打開小韓的房門，不但沒看到小韓性感的模樣，還遇上一個醜八怪在唸經，雖然驚駭之餘，沒注意到當時小韓在不在床上睡覺，但是小韓沒有遇害，給我的感覺不是驚喜，而是不安。也許，「惡魔」莫名其妙地饒了我，當然也會放過小韓，但是——如果「惡魔」就是小韓呢？

不對呀，如果小韓被我發現她其實就是「惡魔」的話，殺我滅口應該非常容易、非常徹底才是，只要跟柯老師隨便編個理由，說我出去亂逛就一直沒有回來不就好了，何必大費周章把我迷昏，惹得我醒來懷疑她的身分？

不，也許這就是「惡魔」迷昏我的原因，牠一定認爲我不會懷疑牠就是小韓，所以才迷昏我……幹！但誰來告訴我，我有什麼狗屁利用價值？

我爲什麼值得「惡魔」留我活口？因爲我是前任星際大使嗎？但小韓不是星際大使，幹嘛不敢殺她？還是眞如我想的，「惡魔」就是小韓，或者是，「惡魔」剛剛幹掉小韓，然後「變」成小韓，現在的小韓其實是「惡魔」？

我的冷汗直流，剛放下去的花瓶又給我拿了起來，雖然我知道拿著一百個花瓶也絕對不是「惡魔」的對手，但有個東西抓在手裡當武器的感覺總是教人有所依託。

雖然還有一個可能，就是我剛剛根本沒有看到什麼「惡魔」，而是幻覺……幹！這點我絕對不承認。到目前為止共計二百七十四個人說我有「幻想症」，但我自己從不在那裡面，我絕不相信我有他媽的幻覺。

小韓被我盯得很不自在。

我突然想起昨天下午在瘋人院裡，小韓挖掉自己眼珠，啃著手指的恐怖模樣。

當時，小韓又好端端地坐在車上，現在，小韓又捧著水果站在我面前。

這是怎麼一回事？

霎時，我眼睛一花，只見天花板的擺設在我眼前一晃而過，下巴劇痛，等我回過神後，才知道原來是柯老師衝過來給我一記上勾拳，K得我向後仰倒在地上，花瓶當然跟著脫手，卻在落地前被柯老師抄起。

「搞屁啊？」柯老師把花瓶交給老楊，笑著把我拉起，又道：「你又在發什麼瘋啊？說說看，你又看到什麼了？小韓的背後有外星人嗎？哈！」

柯老師打我打得很是，這一記上勾拳讓我充分冷靜下來。

我深呼吸了一大口，選了個離小韓最遠的位子坐下，將我在小韓房裡所看到的怪異景象說了一遍。

32 大老二

「等一下，我比較想知道你去小韓房間幹嘛？有鬼呦！」柯老師奸笑著。

「我……我……」我沒想到這一點，頓時臉紅心跳，手足無措。

「對呀，小徐哥你怎麼偷看我睡覺的樣子，好……好羞人啊！」小韓紅著臉，繼續道：「還有，你每次都把人家說得好恐怖，眞討厭。」

「你是不是發燒了還是太累了，要不要再睡一下？」老楊遞了杯水給我。

「還睡？現在都快天黑了，給我振作一點！」柯老師重重拍打我的背，差點把杯子裡的水濺得滿地都是。

「可是，我眞的看到了……我……」我急著說。

「So what？頂多你以後不要跟小韓獨處就好了。還有，我跟你保證，要是眞的有什麼惡魔在我們身邊，我再來一招凌空飛轉，把牠捲成一堆廢屁就OK了，不要再多想了，嗯？」柯老師露出他的臂肌，信誓旦旦地說。

「好吧，不過我眞的不想再跟小韓獨處了……」我低著頭說。

「唉，本來就沒有人叫你偷偷進小韓的房間啊！」柯老師大笑。

我瞥了小韓一眼，小韓抿著小嘴，眼睛淚汪汪地。

「小徐哥最討厭了！」小韓的眼淚終於還是落了下來，一轉身就跑上樓梯，關上房門大哭。

柯老師跟老楊用一種埋怨的眼神看著我，老楊說：「本來不是還好端端的嗎？唉……」看到小韓這麼傷心，我心裡卻沒有任何歉疚，也許還有些慶幸，畢竟小韓現在離我很遠——我仍揮不去對小韓的夢魘。

「讓她哭一下好了，我也沒力氣安慰她，今天跟老楊在報社瞎搞了幾小時，累斃了。」柯老師倒在沙發上，拿起小韓削好的水梨咬了一口。

「那報社會登我們的廣告吧？」我問。

「應該吧！我們也聽不懂他們在說什麼，不過從肢體語言來看，他們應該是同意了。」老楊也拿起水梨。

「喔，那現在只有等待了。」我說。

「我跟老楊買了幾個便當回來，餓了就自己去桌上拿吧，還有，以後最好別再惹小韓生氣了，我們也許要相處很久，彼此之間不要有什麼雞雞巴巴的芥蒂，可以的話，吃完飯去跟小韓道個歉，OK？」柯老師說。

「好是好，可是——你要陪我去。」我可不想再一個人進小韓的房間了。

「他媽的。」柯老師苦笑。

當晚，柯老師拿了個豬排便當，陪我到小韓房裡道歉，小韓一面咬著豬排，一面擰著我手臂的肉，直到我痛得眼淚流下來了，她才笑嘻嘻地原諒了我。

第二天，報紙上的廣告如期登出斗大的「求救」二字，雖沒有看見那個被我們「弄丟」的難友登的任何訊息，但大家仍非常高興。當天晚上，小韓燒了一桌好菜，老楊拿出珍藏多年的老酒，大夥嬉鬧了一晚，醉到天明。

第三天，報紙也登出我們的廣告，但沒有任何難友來到老楊的家，不過大家的心情仍很高昂。柯老師將厚紙板切成五十四張小紙板，做成一副撲克牌，大家在佩服之餘，更玩得非常開心，我們發現老楊居然不會玩大老二，眞是遜斃了。

雖然這是個秩序混亂、符號錯置的世界，但是只要有跟你熟悉相同規則的朋友，一起運用、遵守同樣的規則，即使只是玩個撲克牌，也能令你興奮半天，這個瘋狂的世界，也就不再那麼不可愛了。

33 一臉的稀糞

第四天，「求救」二字依舊出現在廣告欄，唯獨難友遲遲還沒出現，大概是老楊的房子位在郊區，比較難找吧。

因爲昨天柯老師的巧思，老楊找來幾根長方體木條，鋸成一小塊一小塊的，然後用麥克筆寫上「東、南、西、北」等字；原來是在做麻將，柯老師看了也很興奮，仔細地教我跟小韓麻將的玩法。

雖然沒什麼好賭的，當晚四人仍打得天昏地暗，老楊說他以前都不懂得好好享受生活，眞該多跟年輕人相處。

第五天，報紙已不再出現我們的廣告，前來投靠的難友，仍是一個也沒有。我們一邊打麻將，一邊等著難友，倒不會太無聊，只是廣告一點效果也沒有，未免有些意興闌珊。

第六天，老楊說他不去學校不行了，雖然他不知道自己今天有沒有課，甚至過去幾天蹺了幾堂課也沒頭緒；但他說再不去學校，萬一被辭退了，我們就會失去經濟來源。這一天很無趣，老楊去上班，導致牌桌三缺一，只好玩撲克牌。

今天也沒有新的難友。

第七天，老楊還是去學校上課（眞不知道他學生聽得懂多少），柯老師說他要出去走走，我堅持要跟，因爲我不想跟小韓獨處。我跟柯老師在附近的公園裡玩滑板車，下午還跟四個國中生打架，爲什麼？鬼才知道柯老師跟他們說了什麼……不過，還好柯老師爆強的，拿起滑板車，電光火石地砸爛他們的鳥頭，趁他們來不及「烙郎」趕緊逃跑。

黃昏時回到老楊家，老楊已經坐在沙發發呆了，小韓說沒半個人前來投靠。幹！

第八天，我們等了一整天難友後，正式宣布「蒐集難友」計畫失敗，大家都一臉的稀糞；小韓還哭了，老楊整晚一語不發，柯老師趴在大理石桌上燒衛生紙，一張接著一張，專注地觀察紙纖維隨著火焰塌陷的過程，衛生紙燒得大理石黑漆漆的，但老楊也沒阻止，甚至在半夜時還偷偷跑下樓燒衛生紙（半夜我想下樓燒衛生紙時看到的）。

悲慘的一天。

第九天，吃完早餐後，柯老師說祂想去找祂的女朋友小釧，雖然交通工具路線很不規則，但祂仍執意要前往板橋小釧的家，雖然不知道要花多久時間才能到達，甚至也不知道能不能成功，但柯老師想見小釧一面的心意十分堅決，我們也只能祝福祂。

柯老師向我們保證，在下一次召喚比克之前，也就是十九天以內，祂一定會趕回來。

我很想跟柯老師走，但柯老師的背影那麼孤獨，我也不好意思打擾祂那股酷勁。麻煩的是，爲了不跟小韓獨處，我每天都跟著老楊到學校「聽他唬爛」。可憐的老楊，有時課堂掌聲不斷，有時噓聲大作，有一次還有一個女生當眾甩了老楊一巴掌，看著老楊無辜的表情，我簡直笑死了。

沒有規則正義的世界從沒停止運轉，我們只有在老楊的家裡才得以享受溝通的「樂趣」。

平常時，我在台大校園餐廳裡接受噪音的轟炸，在二百六十七次與人交談的經驗中，被甩了六次巴掌，挨了兩拳，被踢過一次小雞雞，引起莫名其妙的哄堂大笑十八次——溝通的「不確定」不只帶給我心理上的困擾，也直接傷害了我的身體。

最幸福的是小韓，她每天待在家裡等我們回來，不用在外面跟符號打架，她爲老楊原本冷清的房子注入家的感覺，爲我們洗衣煮飯，還會幫老楊和我按摩，雖然我還是不敢同她獨處，但我也覺得有小韓眞好。

柯老師走了，害我們一連好幾天都玩不成麻將，眞是無趣極了，加上從來沒有新的難友出現，日子更是難捱。

終於，第二十八天，柯老師回來了。

34 人間最美

第二十八天，柯老師回來了。

一點疲倦，一點喜悅，祂果然找到了小釧。

「我的天，怎麼那麼久才回來？」老楊看著柯老師骯髒的鞋子。

「板橋雖然不遠，但我不知道要坐哪一班公車才對，只好到以前熟悉的站牌等車，沒想到站牌也插得亂七八糟，在我徬徨著不知該上哪一輛車時，我突然信心滿滿地選了一輛公車。我要說明一下，這不是完全亂挑，也不是自我催眠式的自信，總之是靈光一現吧！不料，運氣不好的是，我居然一路坐回新竹，原來，我坐到的是台汽，眞他媽的，哈哈！」柯老師笑著說。

「那怎麼辦？」小韓遞給柯老師一杯冰紅茶。

「我現在不是好好的坐在這裡，喝他媽的冰紅茶嗎？聽好了，到了新竹以後，我本想立刻坐火車回台北，重新再試一遍的，反正離約定的日期還很久，我也沒什麼非忙不可的庸俗事。但是，就在我踏上新竹的土地那一刻，我的眼淚立即掉了下來，沒有道理地掉個不停——至少，表面上是完全沒有原因的。不過在當時，我竟然沒有阻止我內心的激盪，反而覺得理所當然……」柯老師說。

「理所當然？是因爲想念新竹嗎？沒想到你這麼多愁善感。」老楊說。

柯老師拍著大腿，笑罵道：「屁，放屁，放大屁，那裡哪是新竹，是魔界！誰要懷念那個鳥地方啊？當時我也說不出理由，只是……」

「啊！是跟在瘋人院裡察覺那些瘋子『雖沉默卻藏著巨大聲音』一樣理所當然的感覺嗎？」我聯想到了那個驚怖的午后。

「Ya—That's fucking right—的確很像，不同的是，這次的感覺更強烈，卻跟恐怖一點關係也沒有，而是感動，這個感覺很溫暖地包圍著我，眞希望能一直這樣持續下去，哭死也沒關係。接著，很自然的，我邁開腳步朝著清大前進。」柯老師說。

柯老師緩了一口氣，又說道：「But why NTHU? 只能說是直覺，我的身體這樣告訴我，似乎在清大裡面，有什麼很重要的東西在等著，在等著我；So，一路上，我無視路人詫異的眼光，任由眼淚滂沱雨下，疾奔清大。」

說到這裡，柯老師將冰紅茶一飲而盡，沒有人提問，等著柯老師繼續說下去。

「到了清大，這種溫暖的感覺益加強烈，簡直快將我融化。我幾乎沒有、也不願停下腳步，就讓那股悸動自由牽引我的第六感，帶領我氣喘吁吁地爬上清大後山，再跑過一個大湖後，我到了『梅園』。這時，我的腳步顫抖，心口發悶，竟然緊張起來，我深深吸了一口氣，慢慢地走上石階，當我踩著軟軟的草地時，人間最美的景色就在我的眼前，在這片小草地上。」

柯老師說到這裡，閉上了眼睛，笑得露出牙齒，不知道在爽些什麼。

老師爽了一會兒，又繼續道：「一個可愛的女孩子背對著我，坐在樹蔭底下的草坪，穿著雪白連身裙。這時，一隻蝴蝶停在她短短的馬尾上，翅膀慢慢開闔，那女孩頭低低的，手裡不

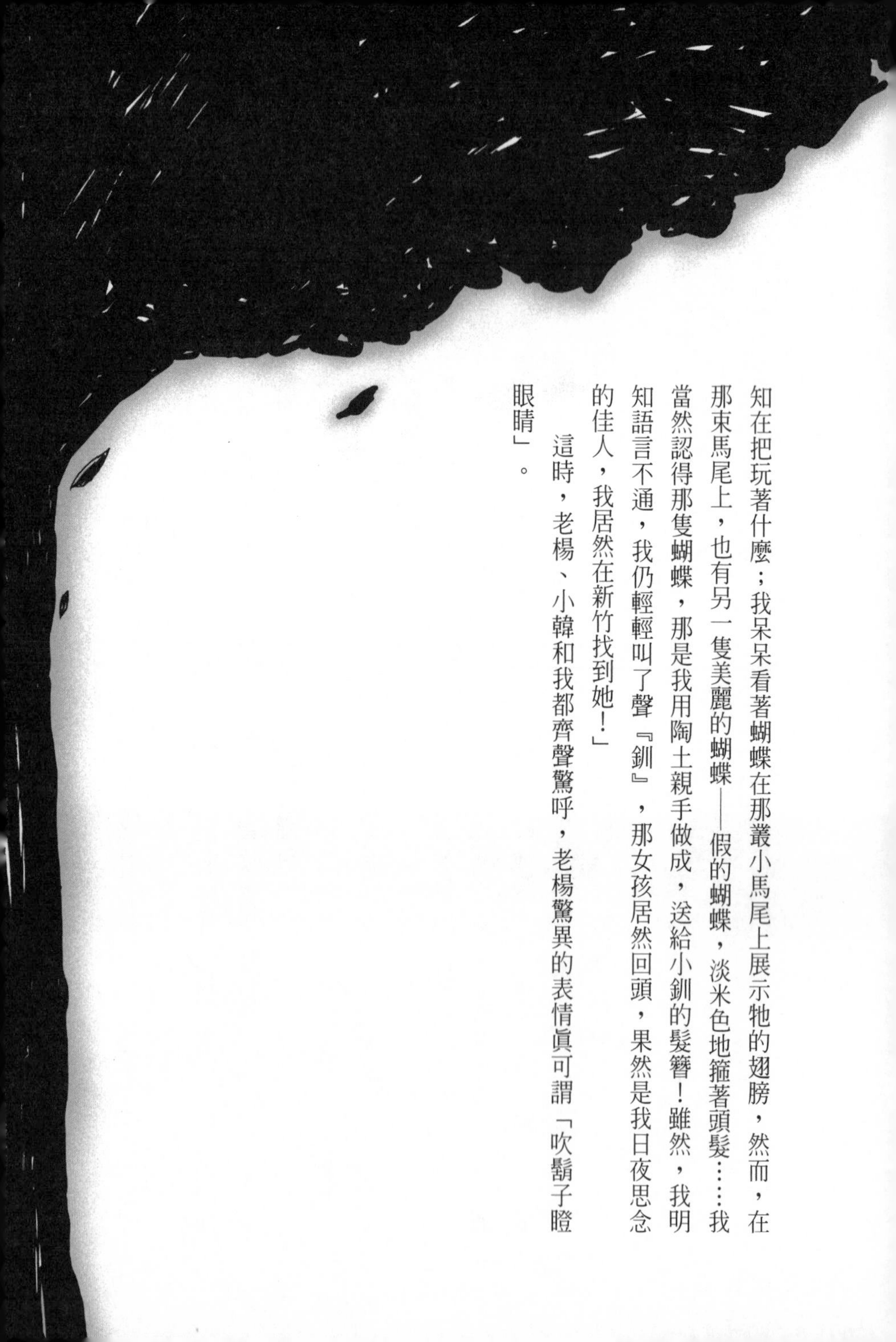

知在把玩著什麼；我呆呆看著蝴蝶在那叢小馬尾上展示牠的翅膀，然而，在那束馬尾上，也有另一隻美麗的蝴蝶——假的蝴蝶，淡米色地箍著頭髮……我當然認得那隻蝴蝶，那是我用陶土親手做成，送給小釧的髮簪！雖然，我明知語言不通，我仍輕輕叫了聲『釧』，那女孩居然回頭，果然是我日夜思念的佳人，我居然在新竹找到她！」

這時，老楊、小韓和我都齊聲驚呼，老楊驚異的表情眞可謂「吹鬍子瞪眼睛」。

35 「啊啥？」

「小釧看見是我，手中的東西掉落，化成一團火球，原來是我跟小釧於三年前的元宵節，在寶山水庫吊橋上提的燈籠。小釧就是這樣無可救藥的浪漫性格，大白天的，在我告白的地方——梅園後的草坪上，點著燈籠，傻傻地沉溺在甜蜜的回憶裡。她一看到我，竟吃驚得任由燈籠在身旁化爲烈燄，只是靜靜看著我。」柯老師緩緩地說。

「好浪漫喔！」小韓眼睛裡盡是羨慕與酸酸的嫉妒。

「那找到以後呢？」我問。

「緊緊抱著她。」柯老師笑得像個傻瓜。

「然後呢？」我問。

「親她。」柯老師的笑容實在有夠憨厚的。

「ㄜ，然後呢？」我恭敬地問。

「我一直都沒有說話，只是抱著她，小釧哭著咕噥了幾句，我雖然聽不懂，但也不要緊了。我沉默地看著她，不想開口，只希望她能感受到我不想鬼叫的決心，我再也不願蒙蔽理智，向最愛的人胡說八道了。小釧見我不答話，也不吵鬧，就這樣和我躺在草坪上，一直到黃昏，我們才牽手離去。當晚，我就跟小釧坐車北上，住進小釧她板橋的租屋裡，天天在一起，小釧每天出門上班時，我就四處逛逛、練習第六感，一直待到前兩個小時，我才坐公車來赴約。」柯老師說。

老楊的急性子又發作了，忙說：「慢些，我有兩個問題，第一，你剛剛說你不想再隨便講話了，難道這麼多天來，你跟你女朋友都沒講話了嗎？第二，你說你剛剛才從板橋坐公車來，這……這太……太不可思議了吧！又是個巧合？」

「巧合？他媽的，我剛不是講過了。我在練習第六感！我現在的第六感超強的，強得不可思議。我雖然還不會說這個世界瘋狂的語言，但是，自從我靠直覺找到小釧後，我已漸漸得以掌握大部分的規則；搭公車到想去的地方還是小事，我還知道什麼是他媽的錢，知道紅綠燈是三小fucking matter，知道怎麼在奶茶舖點到我想喝的薄荷奶茶，操他媽的，我終於喝到了，哈哈……」柯老師激動地大笑，還舉起腳丫子鼓掌。

「柯老師！您果然是天才，您快教教我，還是乾脆帶我們衝出這個鬼地方!?」一看到希望，我按捺不住心中的狂喜，興奮地在大理石桌上跳舞。

「這……這太神奇了，不管怎麼說，這眞是太好了，太太好了，你是怎麼辦到的，是……是怎麼練習的？」老楊扯著他所剩不多的灰白頭髮，滿臉通紅，掛在臉上的，不只是興奮，還有超級興奮。

「這怎麼可能？這絕不可能！你……你在說謊！」小韓的臉色發青，牙齒咬合的低響撕裂著周圍的空氣，兩隻鳳眼瞪得像山東大饅頭一樣，擦了鮮紅指甲油的雙手竭力緊握，好像要是柯老師說謊的話，她的拳頭就會在下一秒鐘把柯老師的腦袋搥爛。

「幹嘛那麼激動，對了，老楊，你說你退休以後想去法國農村等死，是不是眞的？」柯老師不懷善意地奸笑。

「本來是這麼打算的，但是現在的情形……」

「OK，那你對法國美食有超強的研究囉？」

「嗯，是吃過不少次，研究說不上，但點菜、配菜也還過得去，怎麼？」老楊說。

「怎麼？啊哈！幫你花錢啊！來來來，今晚老楊請客，我們去法國餐廳好好慶祝一番，慶祝我天縱奇才，慶祝我們即將脫離不知所謂的困境。老楊，這一頓包你花得値得，花得爽，花得他奶奶的開心；還有啊，記得別帶信用卡出門，也不用開車，一切都包在我身上啦！」柯老師越講越大聲，我們的心情也隨著越來越高昂——除了小韓。

小韓面無血色，但已鬆開拳頭，凝視著柯老師，一個字一個字慢慢地說：「小柯，你剛剛說的都是眞的？」

36 輸得只剩屁！

「嗯，雖然我還不太習慣駕馭這種能力，但是隨著練習就越來越容易了，等我知道怎麼教人，你們就得學勃起一樣拜我做師傅啦！到時候我們即使回不去原來的世界，也可以在這裡活得好好的；至於我是怎麼辦到的，今晚吃法國大餐時就可以知道了。老楊，小釧沒吃過法國大餐，不介意我帶她一起去吧？畢竟你以後還得叫她師娘咧！」柯老師說。

也不等老楊回答，柯老師就拿起客廳上灰塵濛濛的電話，按下免持聽筒的按鍵，閉上眼睛，飛快地撥了一串號碼，過了幾秒，一個甜美的聲音在電話另一端與柯老師「交談」起來！

這不算交談——不是因為那甜美的嗓子藏著怪聲亂調，而是柯老師一句話也沒說。

柯老師專注地聽著對方的「語言」，嘴唇微動，彷彿進行著一場無聲的談話；神奇的是，在柯老師嘴唇微開時，對方的聲音停止了，好像在聆聽柯老師的「唇語」；柯老師一停下來，對方又開始發出一連串的怪聲，大約五分鐘後，柯老師掛上了電話，笑咪咪地宣布：「小釧今晚六點半會來這裡跟我們會合，然後我們再一起去餐廳。」

柯老師看了牆上的吊鐘，繼續道：「現在是下午四點三十四分，還有很多時間，我們輪流去洗個澡，換上好一點的衣服。老楊，你兒子應該還有舊衣服留著吧，借我跟勃起一下！」

原來，方才是柯老師打電話約小釧吃飯。哇！真是厲害的第六感……不，是超能力！不僅撥對了號碼，聽懂毫無道理的噪音，還看得懂指針發狂的時鐘，這些現象都指出我的眼光果然不同凡響，柯老師的的確確是驚人的天才！

「現在眞的是四點三十四分嗎？反正也沒有人能反駁，不是嗎？剛剛電話裡的人究竟是誰，我也不知道——我們也沒有人聽過小釧的聲音，嗯？總之，小柯，這一切都還只是你的自說自話，是眞或假只有等今晚才知了。我期待看今晚你怎麼帶我們坐公車，期待看你怎麼照楊教授的意思點菜，期待你剛剛所說的沒有一句玩笑話。我這就上樓洗澡。」小韓神色鐵青地說完，轉身上樓。

「眞不曉得她在大什麼便，心情這麼不好，Damn it……」柯老師無奈地說，吐了吐舌頭。

「我——我也想確定一下，你能跟我保證你剛剛所說的，都是眞的!?」老楊緊緊握著柯老師的手。

「別這樣，好噁心，好啦！如果我唬爛的話，我就會被小韓傳染月經，OK？現在我想睡一下，你們都洗完了就叫我吧！」說完，柯老師就倒在沙發上大睡。

黃昏。

夏天的太陽總是死得慢些。

大家洗完澡，全身香噴噴地在客廳打麻將。

沒有人有心思玩——除了柯老師，他已經做莊連胡了四把。

我打了張九萬，柯老師自己摸了張紅中。

「莊家門清自摸，連五拉五，紅中，白皮，眞他媽的，還好你們連屁都沒賭，要不然包你們輸得只剩屁！」柯老師將牌按倒大笑。

「漆動嗆——嗚——」門鈴聲……火車的汽笛聲。

柯老師看了吊鐘一眼，說：「早了十分鐘。」

沒有人應門，也沒有人敢應門。

柯老師苦笑著說：「真的那麼不敢相信嗎？」

說著逕自離開牌桌，一面走向玄關，一面嘲笑似地看著我們。

柯老師打開了門，門外站著一位綁著馬尾的女孩，一個馬尾上插著一支蝴蝶髮簪的女孩。

「是小釧，跟我說得一樣可愛吧！」柯老師轉過頭來說。

那個女孩拉著柯老師的衣角，向我們點頭示意，她燦爛的笑容，明亮清澈的大眼睛，跟柯老師果然是一雙匹配的璧人。

37 一口濃痰和五張千元大鈔

「是啊！眞的好可愛！」我說。

「沒想到這竟然是眞的，你眞的學會這裡的生存方法了。」老楊吃驚地說。

「沒錯，但是你們說什麼她可聽不懂，所以我來當你們的翻譯吧！」柯老師說。

「那你跟她說，我的肚子好餓呀，趕快帶我們去吃大餐吧！」我摸著咕嚕咕嚕叫的肚子，興奮地說。

「是！極是！現在就出發！今晚大家一定要大大慶祝一番，千萬別替我省錢啊！」老楊開心得滿臉通紅，拿起西裝上衣就要往外衝。

「OK，我們坐公車去，等會路上你再跟我說餐廳在哪裡，先說好，我們可要吃最貴的哦！」柯老師摟著小釧說。

「最貴的，最棒的！哈哈！」老楊中氣十足地大笑，像一頭精神飽滿的獅子。

於是，我們心情高昂地走到大馬路邊，準備看柯老師表演魔術。

柯老師跟老楊確認了法國餐廳的位置後，便任由幾班公車從我們的眼前經過都無動於衷，卻在十多分鐘後自信滿滿地帶著我們上了一輛人很少的公車。

「這輛車沒有吊環，椅子也很舒適，還有四台電視，怎麼看都不像是公車，等會我們該不會一路坐到新竹，甚至高雄吧！」小韓冷冷地說。

看到柯老師跟祂女朋友卿卿我我的兩人世界，小韓的心裡一定「度爛」得緊。剛剛在老楊家裡看到小釧時，小韓就一語不發了，現在她看見柯老師親熱地幫小釧的脖子按摩，終於忍不住發作。

柯老師沒有回話，只是笑了笑，專注地觀察小釧耳朵裡的耳屎。

在車上，小釧偶爾在柯老師耳際低語，但總不見柯老師對她說話，祂只是凝視著小釧，輕輕動了幾下嘴唇，沒有發出任何聲音，但小釧卻一臉「聽」得懂柯老師「話」裡意思的樣子。

時間一分一秒地流逝。

這輛公車已經在市區裡亂鑽了半個多小時，有幾個地方還到了兩遍，老楊的臉色愈來愈難看。

「我看還是去買幾個菜，今晚我煮頓豐盛的晚餐歡迎小釧吧！」小韓冷笑。

「勃起，倒數十八秒。」柯老師沒有理會，突然命令我。

「是，十八、十七、十六……」雖然不明白原因，我仍遵從柯老師的指示用心地數數。

「四、三、二、一——零！」

這時，公車突然向左疾駛，筆直地衝了幾分鐘後，竟開進一條幽靜的小窄巷，一條窄得車體跟牆壁幾乎擦出火花的小巷。

好怪異的公車路線。

不料，老楊眼神斗亮，驚呼道：「就在這附近！這簡直太——太匪夷所思了！」

車子停下來了，停在一家裝飾古樸的小餐館旁。

「下車囉！應該就是這裡了吧！」柯老師慵懶地說。

「是這裡，是這裡！快下車！」老楊忙說。

「別急，我的直覺告訴我，這台奇怪的公車會停在這裡至少三十分鐘之久，不過我快餓扁了，大家還是快一點。」柯老師說。

在小韓驚疑不定的表情下，柯老師爲我們投下車資——一口濃痰和五張千元大鈔。

「好貴的車錢！」我笑著說。

「不貴，等會老楊要花的才算貴。不過我說呀，老楊，這裡看起來那麼不顯眼，該不會是你貪便宜吧！」柯老師說。

「哈哈，這裡才有最道地的法國菜呀！只要是懂得享受的老饕，都知道這間由法國大廚尙米特掌廚的餐館裡面，才有台北最美味的魚子醬啊！進去吧！看我的點菜功力！」老楊開心地說道。開心，當然不是因爲有美味的食物等著我們，而是解脫怪異世界的方法就在眼前。

不過，老楊說得我口水直流，流得都快把我自己給嗆死了。

38 鑰匙

我們走進了這家位居窮巷的餐館，沒想到裡面的裝潢非常別緻，橢圓形的大理石材天花板讓我感覺自己在橋下用餐，深紅色的壁磚，插在牆上的小火把；最奇特的是，地板上還挖了幾條深水渠，任幾隻不知名的小魚優游其中，巨大的壁爐正燒著小火，在夏夜涼沁的氣氛中注入一種自然而不討厭的溫暖感。

「老楊，我看你今天可要花不少錢了！」柯老師拍了拍老楊的肩膀說，並選了個靠近中間壁爐的位置。

等大家坐好後，老楊在柯老師耳邊輕聲唸了一串菜色，並叮囑一些對調酒與配菜順序的要求；接著，柯老師拿起鬼畫符似的菜單招呼服務生過來。

柯老師凝視著那個服務生，嘴角微動，手指急敲著厚重的石桌，那個服務生一開始是滿臉疑惑與不耐，但十幾秒後，他的臉色登然轉和，還不停地點頭示意，在紙上快速地亂塗；最後，柯老師塞給他一只瓶蓋，令他堆滿笑意地回到了廚房。

二十分鐘後，各式美味菜色按照老楊的安排，一道道地送到我們眼前，包括一瓶四二年份的白酒——一年也不差（老楊說的）；老楊紳士地細細品味佳餚，我則好奇地詢問他每道菜式的名堂與配菜順序的道理。老楊不愧是資產階級知識份子，對豪華的法國料理很有自己的享受哲學，我第一次見識到他刻麻將以外的優點。

柯老師和小釧師母仍持續著不爲人知的打情罵俏，有時我們會透過柯老師跟小釧師母聊天，她說很羨慕我有和外星人做朋友的福氣，眞是個明理的女孩；她也誇獎小韓皮膚晶瑩剔透，好像日本的古典美人；對老楊的大手筆，她更是再三致謝，頻說柯老師超窮的，請過她最貴的東西只是貴族世家，還好這次託老楊的福，才吃到夢寐以求的正統法國美食。

此時是除了我們幾個人相遇那天外，最美好、快樂的夜晚。

「應該到了掀開底牌的時候吧！告訴我們你是怎麼辦到的。」老楊聞著香醇的白酒，看著柯老師。

「OK！眞相就是這裡。」柯老師指著自己的腦袋，繼續道：「我得先說明，理解不規則中邏輯痕跡的能力，與溝通的技巧是不同的。知道什麼是錢，看懂紅綠燈，找出最佳的公車路線，這些屬於前者。本來我以爲這個世界的邏輯結構已經全然摧敗，毫無規則可循，但是爲什麼除了我們，其他人皆活得好好的？這表示我們並未掌握這個世界運行的機制——我們缺乏一種高超的技巧，或者，我們多了些什麼？也就是說，是不是以前大量的符號經驗阻塞了我們融入這裡的無符號世界？我們是不是太過複雜了？」

柯老師望著老楊專注的眼神，繼續道：「關鍵在那家精神病院裡，當時他們巨大的吼叫聲——也就是勃起所稱的癲狂，就像一把鑰匙一樣，將我體內，嗯不，腦內的某個部分完全開啓，勃起，還記得我凌空旋轉，將無數癲狂強吸進體內嗎？」

「記得。」我說。

要是你遇到這種事，你也不可能忘記的。

「這件事本身就很奇怪，我根本不會翻觔斗，更別提在空中表演特技了。人在面臨危難時，不是常常會分泌一些屌他媽的東西嗎？或是表現出驚異的反應速度等等。我想當時我的身體所做的應變——選擇將癲狂捲進體內，絕對是超級有意義的，因爲它激發出我全新的視野！一開始還待在老楊家時，沒有特別一定要做的事情，所以我的第六感還沉睡著，直到我決定要出門找小釧時，我突然看見了『邏輯的軌跡』。」柯老師說。

「那是什麼？」小韓問。

小韓整個晚上都戴著一副撲克臉，這是她除了吃東西外，第一次開口。

39 邏輯的軌跡

「就跟看見癲狂一樣，我看見了邏輯運行的軌跡，只不過，這次我看到的，不是莫名的顏色，而是邏輯的未來。」柯老師。

「聽起來好屌，那是什麼？」我感動地問。

「的確超屌，因爲我已擁有看見人工邏輯短暫未來的能力！就拿剛剛那班公車來說，我之所以選擇坐它，是因爲我『看見』了其他幾班公車下一站、下下一站、下下下一站、下下下下一站等好幾站所停靠的位置，發現都沒有停在這附近，直到這一班公車來，我才看見它的行車路線正好經過這裡，S

〇……」柯老師說。

老楊、小韓、我都死命睜大了眼睛。

「再說多一點——詳細一點！」老楊瞠目結舌地說。

「簡單來講，我能看見人工邏輯——如公車路線、販賣機選擇、電話撥號、紅綠燈下的交通過程等等人工設計的事物，其幾十分鐘後的未來，ㄜ，雖說是看見了幾十分鐘的邏輯軌跡，但實際上在我的視力『濃縮』下，只要極短的千或萬分之一秒我就可以『看完』。所以，我並非從不規則中找出規則，而是我的視力進化到可以看到短短的未來，幫助我做出最佳的選擇。也因爲我看到的，是還沒發生的事物運行的『痕跡』，所以我稱它爲

『邏輯的軌跡』。好聽嗎？」柯老師說。

「你……你是說你能看見幾十分鐘後的未來？」老楊的呼吸逐漸劇烈。

「Ya，限於人工邏輯的部分。」老師說。

「但這麼說還是不能解釋你爲何能準確撥對小釧的號碼啊！你看見公車未來的路線而選擇正確的公車，那是因爲它本來就在行進；但電話按鍵不一樣，它又不會動，你怎麼能看見——看見它的未來呢？」老楊說。

「我可以在腦袋裡假裝要撥哪幾個鍵，然後我就會看見這個動作的結果；換句話說，雖然電話是靜止的，但我可以『自己製造未來』，然後觀察它。當然了，這個動作比較累，因爲我不可能一次就猜對正確的按鍵順序，我只是不停地在腦海中嘗試錯誤。下午撥給你們看的那通電話，實際上，我已在腦中隨機推演了四百多次才看見正確的撥號軌跡；還好，就如我剛才提過的，我看一輛公車幾十分鐘的未來只要千分之一秒的時間，所以我製造與觀看四百多次短短的撥號未來，最多也花不到百分之一秒；不過，時間雖短，重複上百次的動作卻超級煩人；更雞巴的是，因爲下一次正確的號碼又會變動，所以我只好再速讀上百次的未來。」

老楊聽了，喜形於色，像小孩一樣處於一種剛得到變形金剛的喜悅中，猛搖著柯老師，說：「會很難學嗎？很難嗎？要——要學很久嗎？」

我連忙說：「我也要學！」

小韓眉頭依舊皺得厲害，似乎還沒發現這種能力的屌勁，她淡淡地說：「你剛剛刻意使用『人工邏輯』這樣的字眼兒，是不是意謂著……」

「Bingo！」柯老師正經八百地說：「我只能對人類文明裡，機械或雕琢過的事物有預測未來的能力，對於人心、大自然的種種，我就沒有辦法了，也許是因爲生命的本質本就諸多變數，是區區被製造出的符號邏輯無法匹敵的。況且，生命的不規則、多元發展，正是它可愛的地方，我也不想看見人際互動的未來以便選擇最佳的溝通結果，那種能力將使我的生活陷入單調痲痺的快樂裡。」柯老師嘆了一口氣，又說：「不過，恐怕不能盡如我願，那一天我憑著心靈的默契找到了小釧，表示我多半也具有少許跟生命有關的預測能力，不過因爲我不想要有，所以我沒有去練習，只是鍛鍊預測人工邏輯的部分。我猜，隨著經驗累積，我將來可以濃縮視覺時間更短，能看到的未來或許更長，也許幾個小時吧！那樣我就可以搭長程飛機了！」

也不等老楊發問，柯老師又說：「我繼續解釋我第二個異能力，也就是與小釧、服務生或其他人溝通的方法，這一點必須從遠一點的地方談起。」

40 理想言說情境

柯老師拿起桌上的一杯水，將它慢慢倒進腳邊的小水道，說：「把杯口朝下，水會掉下去，因爲沒有東西裝住它——這很理所當然；而水往低處流，不在天花板飄，這是因爲地心引力，這道理也很簡單，是嗎？」

「你要說什麼就一次說完吧，我心急了。」老楊苦笑著。

「呵，我想說的是，這些自然定律在這裡沒有改變，每天日出日落，從未見過一連幾天都是夜晚或白晝。雖然我們沒有拿沙漏測量過，但我想一天應該還是二十四小時吧；亂掉的，只是人類拿來測量時間的符號工具——時鐘；蟲鳴鳥叫，虎嘯狼嚎，這些動物的聲音依舊，變的只是人類自己使用的語言；也就是說，縱然人類創造出的文化體系陷入混亂，但在原始的大自然裡，一切如舊，如果我們開始穴居，這一切崩塌的秩序將對我們毫無衝擊。」柯老師眞是哲聖。

柯老師繼續說道：「媽的，扯遠了，我要說的是自然，最眞的自然，就是溝通的解答。因爲只要是眞實中的眞實，不管在任何地方，都不會改變，例如『愛』，各地甚至個人的定義都不同，但愛的精神本質是不會改變的；『正義』也一樣，儘管法律條文不同，但想維護的東西都是正義。但，Fuck的是，法律條文裡充滿了利益分配與權力，這是有害身體健康的，所以要維護眞正的正義，就要重拾正義的最自然型態；又扯遠了，都是被老楊傳染的，總之，就是

『自然是牽到北京還是自然』，Get it?」

柯老師指著站在牆角那位剛剛聽取柯老師點菜的服務生，說：「跟他溝通，就是把扎根在我們腦袋裡的符號之樹拔除，回歸到沒有扭曲的自然狀態，在人工製造的符碼外另闢蹊徑，創造眞實溝通！」

老楊說：「眞實溝通？你……你甚至連開口也沒有，難道這就是你所謂的『自然狀態』？」

柯老師說：「你唸的是社會學博士，那你一定聽過哈伯瑪斯溝通行動理論的『理想言說情境』吧！我已經達到這個境界了，也就是說，我……」

「什麼是『理想言說情境』？」我問。

「用最簡單的話來說，就是雙方或多方的溝通，都能達成最有效、最眞誠、最有共識的環境條件，大體上就是這樣。」老楊解釋道。

「沒錯，我所使用的方法遠遠超過人類平時的溝通方式，你們猜猜看，我是怎麼做的？」柯老師說。

「是腦波？很多電影裡的外星人都是不用說話的，都用腦波交談的。」我猜。

「很接近了，的確是腦波，但還必須加上一點點技巧，也就是催眠。」柯老師繼續道：「一開始，我剛發現這個能力與方法時，我要跟小釧溝通，必須凝視著她的雙眼很久才能將她催眠，接著，我自己也會被自我催眠；精采的來了，透過兩人進入催眠後的暗示——『用腦波溝通』，我們得以清楚知道彼此最眞誠的意思，沒有矯飾、完全透明的意念，任何一方的意思都能精準地傳達給對方，這就是最精緻的溝通，屌吧？」

老楊猛點頭，問到：「是不是可以這樣比喻——語言，不管是我們知道的數百種語言，還是這裡歪七扭八的語言，用電腦的用語來說，都是高階程式語言，而……」

我插嘴道：「高階程式語言是什麼東西？」

「例如C語言，C++，JAVA，FaxPro等等，但它們的本意——全是010110的二元原始碼，這才是電腦與人類溝通的眞正工具、載體，也就可以比喻爲腦波，是不是這樣？」老楊說。

41 千里傳音

「You are fucking right，不管是哪種語言，都無法百分之百的傳達我們的感情或思想；沒有，一種也沒有，所以每一種語言都有『筆墨難以形容』之類的俗語。人類爲了溝通，發明了語言，思考卻從此受限於僅知的辭彙，語言成爲包藏欺騙與誤會、失眞與妥協的工具，成爲必要之惡。我用彼此催眠的方式，讓腦波毫無滯礙地對談，這一定是人類最理想的『語言』，乾杯！」柯老師舉起酒杯，大家也都興奮地「乾了」。

「要是全世界的人都用腦波溝通，就沒有政客，也沒有工程綁標了。哈哈哈哈！」老楊樂得大笑。

「不過話說回來，其實啊，這個世界的符號秩序根本沒有完全崩潰，我不是說過了嗎？自然牽到北京還是自然，我們的表情跟動作，也是一種符號，沒有矯飾，非常原始；在這裡我們的喜怒哀樂一樣眞實地寫在臉上，情人的淚依舊打動人心，朋友的笑始終帶來歡樂；這一點，並不隨著紅綠燈一樣亂掉，自然的符號是不滅的！」柯老師看著小釧深情地說。

「說得好！再乾一杯！」老楊笑著說，大家舉杯共飲。

「老師，您是怎麼發現這個方法的？」我問，我有點小醉了。

「只是矇中的，第一次我不過是深情地看著小釧，不斷地在心中說『我愛妳』，沒想到小釧居然有反應，我還感應到她心中的愛意與憂傷，甚至彼此交談起來。我也趁機告訴她我的困境與遭遇，她雖然一直半信半疑，但也願意一直這樣跟我溝通，雖然她還改不掉把話說出口的習慣，卻也說這樣用腦波溝通很舒服呢！後來我催眠的技巧越來越純熟，最多只要十幾秒就可以將彼此催眠，只要被我催眠過的人，下次只需要一兩秒的時間就可以進入腦波溝通，不用再多花時間了。這種催眠暗示也會跟著談話的結束自動解除，非常安全。」柯老師好神。

「但你怎麼能在電話中跟小釧講話？」老楊問。

「我已經記住小釧的腦波了，所以可以『千里傳音』，用電話講不過是想聽聽她的聲音，就算是歪七扭八的語言也不錯。所以只要是我不認識的人，我就不能在電話裡跟他溝通，這點還無法突破。」

「我現在可以試試看嗎？」我說。

「我也想嘗試一下，最多可以一次幾個人，還是……」老楊說。

「我沒試過一次最多可同時催眠幾個人，不過我想五個人應該沒問題吧。現在，你們注視著我的眼睛，不需要刻意放鬆，也可以繼續吃東西，自然就好……」柯老師說。

「等……等一下……」小韓慌張地站起來，摸著自己的胸口，說：「我不想做這麼恐怖的實驗，我……我只想像以前那樣講話，那樣……那樣比較安全，你也不知道催眠以後會發什麼病兒，本來沒瘋的，要是瘋了怎麼辦？再說，我現在身體不舒服，我……我要去洗手間一下。」

說完，小韓幾乎是逃跑般地躲入廁所，我們都極爲錯愕。

「小韓她怎麼了？」老楊說。

不！老楊並沒有開口！

我也沒「聽」到任何一個字！

「幹！我聽到了！」我說。

不！我也沒開口！

「不是聽到啦，是別的感覺，有種很純粹的感覺吧！」柯老師「說」。

「太……太棒了！好舒服的感覺喔！」我「說」。

「大家好，我是小釧，很神奇的感覺吧！」是小釧在跟我們打招呼。

原來在不知不覺中，柯老師已經將我們都催眠了。

我跟老楊開心極了，東拉西扯地亂聊一通，爲的是享受這奇妙的感覺，不過，我要做個小小說明，以上的對話只是一種很單純的「感覺」，並非以聲音或字句的樣子出現，我可以知道老楊聊的鵝肝醬種種，但不會聽到或看到鵝肝醬三個字，但我就是知道了！這果然是筆墨難以形容的滋味！

於是，我們興高采烈地「談」了很久，直到小韓膽顫心驚地接近我們，柯老師才結束催眠的情境。

42 「碰！」

「眞是奇妙的經驗，以後就算回到原來的世界，或身體康復後，我也想繼續用這種方式講話。到時候，小柯你當講師，我用我的名氣幫你宣傳，我們將這種腦波溝通推廣開來，一定會掀起有史以來最偉大的文明革命！哈哈哈哈哈哈……」老楊笑著說。

「柯老師！那您覺得我們多久可以學得會？」我問。

希望我將來能當柯老師腦波溝通補習班的助理，以免我用最快的速度餓死。

「我怎麼知道？看資質吧！像這幾天我教小釧她就學得很遜，我也沒辦法。」柯老師毫不留情地笑著。

「沒差，反正我們多的是時間，慢慢磨，學會了就屌了！」我說。

「小韓等會要不要也試試看？我覺得沒有什麼危險，小徐？」老楊說。

「嗯，挺爽的。」我說。

「我看還是過些日子再說吧，有些副作用短期是瞧不出的，是嗎？」小韓悻悻地說。

「OK，as your wish，不要勉強。」柯老師說。

我們繼續享用美食，歡笑聲不斷，吃到甜點時，服務生遞來了帳單。

柯老師看了帳單一眼，說：「好黑的店，老楊，這次你慘了！」

「哈，你不是知道哪些廢物可以當錢用嗎？也許這頓飯的價錢不過是一只玻璃瓶吧！」老楊滿不在乎地說。

「是啊，倒底要付些什麼鬼東西給他們啊？」我好奇地問。

於是，柯老師把服務生叫來，笑著問老楊：「你要請客，對吧？」

「沒錯呀，儘管開口吧！是要我的領帶還是襪子，哈哈……」老楊也笑著。

老楊自從見識了柯老師很屌的超能力後，就一直像白痴一樣傻笑著，彷彿一切問題都將迎刃而解似地。

「很可惜囉，我怕你年紀太老會撐不住，所以我們各付各的吧，我付小釧跟我的份，勃起付他自己跟小韓的份，你就付你自己的就好了。」柯老師邊說邊捧著鼓鼓的肚子有氣無力地笑著，講到最後，柯老師已笑出眼淚了。

「爲……爲什麼？」老楊瞧出有點不對頭。

「因爲……因爲這次的帳……是要這樣付錢的，哈哈……」柯老師快笑死了，邊笑邊走到服務生面前站定，閉上眼睛。

只見那服務生掄起雙拳，朝柯老師臉上重重揍了下去，這快速的兩拳讓柯老師雙眼失神，單腳跪倒，鼻血飛濺到我跟小韓的臉上。

眞是痛快的付錢方式。

「我……我看，我看這次還是各付各的吧，以後……我再補請好了。」老楊現在的表情，比扶著椅子、眼冒金星的柯老師難看許多。

「碰！」

過了五分鐘，三個男人鼻青臉腫地走出餐廳的小巷，在大馬路上搖搖擺擺地走著。

「幹！好痛！」我的頭剛剛差點就脫離脖子的運轉軌道了。

（我幹嘛要幫小韓付帳，幹！）我心裡第一次埋怨柯老師。

「是很痛，但是很新鮮，很痛快！」老楊摸著沾染鼻血的鬍子說。

可憐的老楊，他的腦子已經被揍壞了。

「我從來都沒有這樣的體驗，哈，該算是在溫室中長大的吧。從上初中我父親停止體罰我後，我就沒有嘗過拳頭的滋味了，今晚這麼一揍，讓我走起路來格外舒暢，很豪氣的感覺——

原來很想還手、腦充血的滋味是這樣的迷人，難怪我家老大上了建中後還是喜歡打架，哈哈——唉呦！」老楊低著頭，鼻血又流出來了。

「你想的話，我可以每天揍你一頓。」我沒好氣地說。

對於挨打，我可以稱得上專家，如果挨打有執照可考的話，我一定蟬聯狀元；這都要感謝「哈棒」跟隔壁班的「黑機排」、「鄭秋條」等十幾個壞學生多年來的栽培。

幹！

「老楊，今天小釧在你家過夜，行嗎？」柯老師說。

「行，那小徐你今晚就跟我擠一擠吧！」老楊說。

沒問題，我想趁老楊睡著時把他的鬍子剪掉很久了。

我們一路談笑，卻沒看到有任何公車經過，走著走著，腳也痠得很了。

「現在怎麼辦？要搭哪一班車回去呢？在哪搭？」小韓問。

「我看看……這麼巧，這一班公車居然直接開到老楊家門口！」柯老師驚訝地說。

43 十八分鐘

我們順著柯老師的視線，看到一輛全新的豪華巴士停在離我們不到十公尺遠的地方。走了這麼久，第一輛遇到的公車，居然就直達老楊家。

我們走近巴士，除了滿臉鬍碴的中年司機，車上一個人也沒有。

「眞幸運，上車吧！」小韓終於露出笑容。

「不！等一下……」柯老師臉色怪怪的說。

「怎麼了？有更適合的公車嗎？」老楊問。

「剛好相反，一班也沒有。」柯老師顯得很疑惑，又說：「很稀奇，其他公車的路線全都完全不經過老楊家附近，好像故意似的，很怪，眞的很怪。」

「老師……我也覺得很怪，我覺得這班車有些怪怪的，老實說，我甚至全身起雞皮疙瘩。」我有一種不好的預感。

「你也察覺了嗎？你的資質很高，夠資格做我的徒弟，那我們坐計程車回去好了。」柯老師笑著說。

「謝謝老師。」我感激地說。

柯老師這樣看重我的第六感，我感到眞的很窩心。

「等會兒，我不同意！」

是小韓。

「爲什麼這一班車可以直達老楊家，我們卻偏偏不坐呢？我不管，我偏要坐。」小韓嘟著嘴說。

「那好，這班車大約在三十四分鐘後會抵達老楊家門口，自己小心點，車錢是妳的唇膏跟大叫一聲，See you soon！」柯老師說完，轉身就要走。

「氣死我了！」小韓氣得大叫。

這跟我認識的小韓——那個體貼溫柔的小韓，完全兩碼子事，一定是小韓愛上了柯老師，吃了小釧一整晚的醋後，硬是跟柯老師的直覺唱反調，發起性子來了。

本來柯老師不鳥小韓，作勢要走，但這時小釧拉著柯老師講了幾句話，柯老師只好乖乖帶我們上了那輛豪華巴士。

原來小釧不懂小韓在生氣什麼，待她詢問柯老師的腦波後，她說小韓一個漂亮女孩坐晚班公車太危險了，於是「魯」著柯老師叫我們陪她。

「幹！」我心裡暗暗罵著任性的小韓。

車上除了冷氣太強，一切都很舒適。

望著窗外飛過的霓虹燈，我的心中仍覺十分不安。

爲什麼不安的感覺揮之不去呢？

「柯老師，這班車眞的是直達老楊家嗎？」我放不下心，再問了一次。

「絕沒有錯，正確地說，再十八分鐘後就到了。」柯老師說。

「既然絕不會錯，那你還在擔什麼心？」小韓問。

「只是一種感覺，覺得坐這班車準沒好事，希望這只是我被揍了兩拳後，腦子有點昏昏的後遺症。」柯老師說。

「但是……我也覺得很奇怪，爲什麼這班公車有一種——很濃的邪氣呢？」我湊過來說。

「我會這麼擔心，最大的原因，其實是勃起也有這種感覺，記得在精神病院裡，我跟勃起都察覺到那幾個沉默的病患『身體裡藏著巨大聲音』的不祥感，事後證明我們的直覺是正確的，所以，在剛剛勃起說出他的隱憂後，我就更加擔心了。」柯老師皺著眉頭。

「那只是巧合。」小韓轉過頭，看著窗外的霓虹人群。

「幹！」我說。

「他媽的！」柯老師說。

「別吵了，不是好好的嗎？現在車子的確是開往我家的路上，沒什麼好擔心的。」老楊說。

「那請你解釋一下，爲什麼從剛剛到現在都沒有停下來，讓乘客上來？」柯老師將小釧一小撮頭髮用手指捲起，把玩著。

「這個世界本來不該就是毫無道理的嗎？一連幾站沒停也許常常發生，這種事就算是在原來的世界也是很平常的。」老楊說。

「也許吧，但我從沒看過一班公車未來的軌跡是從頭到尾沒有停站，直達我想去的地方，好像深怕我看不出來它是開往你家似的；只是它越是吸引我上車，我就越懷疑，越不想上車。」柯老師說。

「等等，老師，你看一下這班車經過老楊家後的路線！」我有種感覺。

「嗯。」柯老師說。

沒有一秒，柯老師就繼續道：「開往……開往精神病院！我們先前去過那家精神病院！」

44 扭轉未來

說完，我彷彿聽見了柯老師、我、老楊、小韓身上的雞皮疙瘩砸落的巨響。

「你……你確定這輛車在我家前會先停車？」老楊的聲音有些發抖。

「是沒錯啊，這是未來的軌跡啊！」柯老師勉強鎮定下來。

「那就好，我們等一下趕快下車就好了。」老楊也極力鎮靜。

那家詭異的瘋人院！爲什麼偏偏會這麼巧？

不久，巴士駛進老楊居住的社區。

我想大家神經緊繃地都發出了吱吱聲。

「勃起，倒數十二秒。」柯老師說。

「是，十二、十一、十……九、八、七、六……」我緊張地數著。

我們已經可以看到老楊的房子了。

「五、四、三、二、一……零！」我幾乎大叫。

車子沒停！

在零秒時，車子以極快的加速度猛然前衝，老楊的房子一下子就給遠拋在後，擠在門口的

我們不禁前摔到司機旁。

錯！是前摔到駕駛座旁。

因爲根本就沒有司機。

幹！

「怎麼回事？」小韓驚恐地喊著。

「&^&%^&*（&*^$%#$#$」小釧被突然的加速嚇得大叫。

「老楊！你會不會開大車!?快！」柯老師大吼。

「讓開！」老楊趕緊抓著方向盤，用力踩著煞車。

「沒用！它根本不聽我的！」老楊嚇得滿臉是汗。

「王八蛋，我們跳車！」我使盡力氣，想把門扳開。

「不可能跳車的，現在時速已經到了一百公里，不，還在增加，一百一十，一百二十，一百三十，已經一百五十公里了！還在加速！」柯老師讀著亂七八糟的儀表板，不能置信地說。

「沒道理啊！」老楊抓緊不靈光的方向盤，呼吸急促。

「已經破表了，我想時速應該是三百公里，這完全不是巴士的速度！」柯老師倒抽了一口氣。

「門……門也打不開……」我喘著氣說。

「是車速太快的反作用力。」老楊說。

「別慌，我看看未來！媽的，眞的是開到瘋人院去！」柯老師踹著腳。

「你不是說在我家門口會停車嗎？」老楊依舊不肯放開方向盤，雖然那一點作用也沒有。

「本來是這樣的，但是，未來被改變了。」柯老師扶起小釧，坐在駕駛座旁。

「未來不是不會改變嗎？」我拉起驚魂未定的小韓。

「未來不像過去，它當然會變，但必須有人爲的干預、介入，媽的，怎麼可能……」柯老師捏著拳頭。

「這是其次。現在的問題是，司機怎麼不見了!?車子會不會出事!?」老楊大叫。

「司機是怎樣不見的，我不知道，不過車子是安全的，因爲我看到它安全地抵達精神病院……就在十六分鐘後。」柯老師說。

「放開方向盤吧，我也覺得車子不會出事，可怕的在後頭。」我說。

現在巴士在市區內疾駛，但街上擁擠的車群全都讓出一條筆直暢通的路供巴士狂飆，簡直就是套好的。巴士在種種交通便利的巧合下，可望快速安全地衝到精神病院。

柯老師摟著小釧顫抖的肩，說：「我製造假未來以試探電話號碼，簡單說就是以多元可能的未來探測後果，我再介入選擇最好的未來——撥對號碼，所以未來是不定的，在知道未來時是可以做出改變的。剛剛的情形，在沒有人爲刻意介入的情況下，巴士的確會停，但在那一瞬間，某個跟我一樣知道未來的人——如果是人，突然改變車子的停靠點，把我們困在這裡。」

「是司機嗎？」小韓問。

「不管是誰，他的目的一定是將我們送到精神病院。」柯老師說。

我說：「司機突然消失，看來我們的敵人不是普通人，甚至是外星人。」

柯老師說：「至少他知道我能看見巴士的路線，並利用這一點誘使我們上車，但在關鍵時卻扭轉未來，綁架我們。」

老楊仍死盯著前方，說：「但是……爲什麼？」

「到了精神病院就知道了，不過，一定不是好事。我同意勃起的說法，對方絕對是很可怕的敵人，所以，我也不打算束手就擒。」柯老師堅定地說。

「也許對方沒有惡意，不如我們就靜觀其變，到了精神病院再打算，反正我們也不能做什麼，嗯？」小韓說。

「我跟勃起的直覺果然沒錯，上了巴士一定會倒大楣的，所以我們不能乖乖坐著！我們也要改變未來！」柯老師說。

柯老師走到駕駛座旁，閉上眼睛，過了一會兒，祂說：「賽！我試過幾百種操作車子的未來，沒有一個未來能改變路線！」

我看著車外說：「已經進了山區，我看再五分鐘就到了。」

此時，柯老師慢慢地說：「有了，既然車子的路線改不了，那我們就別改變。」

「贊成，現在不如耐著性子等待。」小韓吐了一口氣。

柯老師繼續道：「我們不改變巴士的路線，但是我們不會待在車上。」

太酷了！

「問題是要怎麼做，跳車嗎？以現在的時速，跳下去可不是縫縫幾針而已啊！」小韓慌張起來，一副好怕痛的樣子。

柯老師說：「只要你們相信我，我會保證你們的安全的。」

小韓大叫：「我不要跳車！」

柯老師：「相信我！再不跳就來不及了！」

老楊也大叫：「你哪來的自信!?」

柯老師笑了。

這種時候還笑得出來的，只有一種人。

「也許我是天生的英雄。」柯老師說。

45 脫水機

巴士的速度不因山路的曲折減緩，車廂的空氣被高速壓迫得令人窒息。一個英雄抱著他心愛的女人，眼睛暴射出不可思議的精力，他的笑容裡藏著神祕的自信，這個笑容，爲我們帶來了怒濤中的浮木。

不！是航空母艦！

「我們一起把門拉開，快！」柯老師用力拉著車門。

「數到三，一起拉！」我大叫。

「我不要！」小韓歇斯底里地大叫。

「一！二！三！」我跟柯老師用力扯著門把，門有些搖動。

「老楊！」柯老師大吼。

「幹！」老楊大罵一聲，放下方向盤衝過來。

老楊終於學會罵幹了。

「Again！一！二！三！」

三個人使盡力氣一扯，車門轟然拉開。

門外景物飛一般的速度，令我跟老楊不禁倒退一步。

「等一下！你們有沒有想過，將我們綁架到精神病院的人，很可能就是將我們——將我們放逐在這個世界的凶手，也只有他才可以將我們送回去，我們待在車上才是對的！」小韓急得大哭。

「屁！我的直覺告訴我被他抓到，我的屁眼就要開花了！」柯老師說。

「小徐哥！」小韓看著我。

「我也感到屁眼隱隱作痛。」我避開她的眼光。

「楊教授！」小韓的眼神充滿了無助。

「我相信小柯，小韓，妳別怕，也許小柯奇異的力量會帶我們脫險。」老楊平靜地說。

「他的力量跟跳車完全沒有關係！」小韓嘶吼著。

「You are fucking wrong！」柯老師繼續道：「妳忘了一件事。」

柯老師低頭深情地擁吻小釧，輕聲說：「I swear。」

小釧點點頭，閉上了眼睛。

柯老師深深吸了一口氣，雙手抱著小釧，縱身躍出車廂！

幹！

疾旋！

在柯老師跟小釧快要跌落地面那一瞬間，柯老師突然像一顆大陀螺般疾旋，千鈞一髮地凌空旋起，不到兩秒的起落，柯老師已抱著小釧安然降落。

柯老師的人影越來越小，一下子就消失了。

「哈！我就說老師可以凌空旋轉!!」我大叫。

「但是……他走了，我們怎麼辦!?」老楊呆住了。

「驚三小！」柯老師突然出現在門邊，全身是汗。

「我又旋回來了，媽的，旋風的速度眞快，小韓，勃起，你們先！」柯老師說完，將我倆一人一手抱住，大叫：「老楊，等我！」後，就跳出車外。

在接下來的不到兩秒的時間裡，我變成一台脫水機。

我的身體發瘋似地旋轉，還好在我吐出內臟前就一屁股輕落在地上。

「照顧小韓！我會用腦波持續跟你們所有人聯絡！」說完，柯老師像一顆巨大的飛碟球，向巴士襲捲過去。

我猶自眼冒金星，坐在地上發呆。

「小徐哥，現在怎麼辦？」小韓搖著我的手，我看見她的臉色十分痛楚。

「怎麼了，受傷了？」我問。

「嗯，我的右腳在落地時扭到了，好疼……」小韓摸著腳踝說。

【勃起……】

是柯老師的心電感應！

【我在！老楊呢？】我。

【我很好！不過小柯太累了，我正扶著他往你那走。】老楊。

【勃起，你跟小韓快去找小釧，我快虛脫了，老楊會慢慢扶著我趕上你們的，我們在山下的便利商店會合！】柯老師。

【我這裡好黑，沒有路燈，你們快點來！】小釧。
【釧！快走！我太累，要結束腦波通訊了，See you all！】柯老師。

柯宇恆：「好癢，走了好不好？」
小釧：「再等一下嘛，蠟燭又還沒燒完。」
柯宇恆：「靠，蚊子怎麼只咬我不咬妳——」（:P）
小釧：「因為你比較香啊。」
柯宇恆：「等一下我們把燈籠丟下橋，看它一邊燒一邊飛好不好？」
小釧：「不要，我要留著燈籠，明年我們還要提它數星星！」
柯宇恆：「妳會弄丟啦，不如漂亮地燒了它。」
小釧：「不會！我會永遠留著，永遠——」

二〇〇〇．中秋．寶山水庫吊橋

46 舔舐

「現在該在這裡等小柯他們嗎？」小韓問（小韓沒被柯老師催眠過，所以柯老師沒記著她的腦波）。

她額頭上冒著斗大的汗珠，看樣子小韓的腳傷不輕。

我說：「不，老師要我們去山下的便利商店集合。」

小韓說：「可我的腳好疼，沒法子走。」

我蹲在小韓前面，說：「上來，快！」

於是，我揹著小韓，延著山路慢慢下行，一邊注意小釧的身影。

沒有月亮，還下著小雨，附近的路燈也壞了，山路黑得要死。

「小徐哥，累不累？」小韓問。

「還好，我們要儘快找到小釧。」我答。

小韓眞是夠重的，看來我分泌的腎上腺素還不夠用。

「小徐哥，你覺得我是個怎麼樣的女孩？」小韓無厘頭問道。

「很好啊。」我隨口回答，喘氣都來不及了，哪還有餘息跟她聊這麼無聊的問題，小韓八成眞的被小釧姐刺激到了。

「那我漂不漂亮？」小韓在我耳邊低語。

「嗯，當然。」我簡直無力。
「這樣啊，那你喜不喜歡我親你？」小韓說。
太無厘頭了吧！在這種時候!?
「親……親我？」我說。
「像這樣。」小韓說完，我耳後便感到一陣酥麻。
「舒服嗎？」小韓輕咬著我的耳垂。

「嗯。」我不得不承認，這個吻的確很銷魂。

「很舒服？但你記不記得，你發誓不再跟我獨處？」小韓冷冷地說。

我的背脊感到一陣陰寒。

「對不起。」我說，腳步卻有些發軟。

「爲什麼道歉？」小韓冷笑著。

「我有時候會胡思亂想，對不起。」我的聲音有些顫抖。

「我是說，爲什麼道歉？」小韓笑著說。

這個笑陰惻惻的，笑得我好想尿尿。

雨勢斗然作大，閃電在黑空中劈出一道慘青色。

「現在你跟我不是獨處了嗎？覺得怎麼樣？嘻！」小韓貼著我的臉說。

刺刺的，小韓的臉扎得我好痛。

「還好，不過……先別跟我講話，我會喘不過氣。」我全身顫慄。

「累嗎？那換我帶你趕路吧！」小韓說完，我感覺到她的舌尖在我脖子上濕濡地舔舐，接著，我的腳步輕盈起來。

那一剎那，我被兩股巨大的風包圍著，身體陡然失去了重心，沒有著力點，在我回過神後，我看見了樹海。

我看見了樹海！

我在空中！

「怎麼樣，上面的空氣比較新鮮吧！」小韓說。

我沒有回答，因爲我沒種。

兩隻巨大的翅膀——蝙蝠般的翅膀，在我身旁慢慢開闔，鼓盪著巨風，幹！充滿腥臭的巨風。

「回答呀……」小韓嘲笑地說。

「我一定又幻視了，陳醫生跟張醫生果然是對的，我應該按時吃藥才對。」我發抖著。

「你不是最討厭別人說你腦子有病嗎？」小韓說。

「哪是，當醫生要唸七年的書，還要辛苦的實習，他們說的話一定有些道理。陳醫生已經五十幾歲了，還專程從美國拿心理治療的學位回來，他的診斷更不會錯。」我竭力將一個字一個字說清楚。

「這樣啊？你何不回頭看看我？也許你是對的喔……」小韓的聲音也變了。變得很粗、很有磁性，有一種特殊的魔力——噁心的那種。

「不用……不用了，我……我回去會記得吃藥，一定……」我說。

的確不用回頭看了，我看見小韓原本抱著我脖子的雙手，已經變成兩隻細長有力、佈滿慘碧色鱗片的「爪子」。

「我叫你看！」「小韓」暴吼著。

「看……看……看……」我緊張得心都揪了起來，每個細胞都打結了，但頭仍一動也不動。

「看！」「小韓」在我耳邊粗吼。

沒法子，我只好眯著眼，緩緩轉頭。

「幹！」我大叫，一拳往「小韓」的臉上揍下去。

幹你娘！那是什麼怪物！這張臉就是那天我在小韓房裡看到的怪物！

「哈哈哈哈哈哈哈哈哈哈哈——」

那個怪物——我是說魔鬼，渾不在乎我那一拳，恣意地嘲笑我的恐懼。

「下去吧！」魔鬼大笑，爪子一放開，我便急速下墜。

47 消防星

此時，又一道閃電劃過，照亮了夜空，沒想到，我在闔上人生最後一眼前，看到的不是親人，而是一隻面目猙獰、肌理怪異細長的魔物。

雨點拍在我的臉上，我閉上了雙眼，輕輕說聲：「掰掰，這個世界！幹！」希望撞到地上時死得痛一點、死得慢一點……死就只能一次，不好好享受體驗一下怎行!?

我一邊下墜，一邊尿尿，我可不希望閻王說我是憋尿死的。

「叩。」

可惜沒能如願。

我再度被向下俯衝的魔鬼抓住，牠說：「哈哈哈哈，尿褲子的小鬼！走！找你朋友去！」說完，翅膀一張，魔鬼倏然滑向樹海旁的山道，坦白說，御風滑翔的滋味真是太讚了。向下滑行的速度很快，就在快撞到地面時，我幾乎透不過氣、睜不開眼，只聽到一聲尖叫，身體立即向上急升。

我睜開眼睛，看見小釧已被魔鬼抓住，臉色蒼白，歇斯底里地尖叫、亂踢。

「小釧，妳沒事吧！」我大叫。

「%$^&（*（&RE#@-·&*&））*&」小釧連珠砲地鬼叫。

魔鬼一手提著我，一手提著小釧，兩手開始將我們在空中互相拋擲，就像馬戲團的小丑丟接蘋果一樣，小釧被嚇得魂不附體，我則在空中盡情大吐。

「我們再來玩一個遊戲，」魔鬼停止拋擲，將我跟小釧貼近牠醜陋的臉，笑著說：「這個遊戲叫『猜猜柯宇恆怎麼死？』」

「徐柏淳，你現在有三個選擇，一，代替你老師死掉；二，我現在立刻吐出火焰，活活燒死柯宇恆；三，你拿一個東西插在柯宇恆的脖子上，我包他死不了，只會活得很痛苦，怎樣？你選哪個答案？」魔鬼的臉上飄著青藍色的小火焰。

我不怕死，因爲大約兩年前我遇到個消防星人，他說地球人死掉以後都會變成消防星人，那是個擠滿消防隊員的星球，我想當一個救火員應該很有趣吧，他還說他也不怕死，因爲消防星人死掉以後都會變成鞭炮星人，而鞭炮星人死掉以後又會變成家具星人，家具星人嗝屁後變成吉野家星人……以此類推，大概經過七百萬個循環後又可以當地球人了，而且聽說地球是宇宙排行第七十四難玩的星球，不值得留戀。

「我選一。」我說，柯老師是最棒的地球人，也是我最尊敬的人，雖然祂死了也會變成消防星人，但是我可不想背叛祂，我想以一個善良高貴地球人的身分死去，這也是柯老師教給我對理想的堅持。

「很好，那我們就開始吧！」惡魔的表情似乎很憤怒，牠用尖銳的腳趾甲劃開自己的腹部，血淋淋地取出一隻掛滿倒刺的肥蟲，惡魔拿著牠在我的眼前晃呀晃，那五彩斑爛的甲殼弄得我眼睛都花了。

「吃下去。」惡魔說。

「白痴才吃！」我一想到曾在我腦中作祟的格魯，不禁手足無措，再度失禁。

「不吃也可以，那我就把牠從你的屁眼裡塞進去，讓你死得更慢，牠會吃掉你的腸子，吃掉你的胃，把你的肺攪爛，再把你的腦子啃光，哈哈哈哈……」惡魔看見我臉上的嫌惡，開心地快炸了。

ㄍ……幹！柯老師是對的，我就知道屁眼要開花了。

惡魔用腳拿著那隻不知名的怪蟲在我臉上磨蹭，我聞到甲殼黏液上濃重的腥味，又吐了不少法國蝸牛出來。

48 非常集中

我願意死，因爲死不可怕，我喜歡慢慢死，因爲人只能死一次；但是我恨透格魯了。而這隻雞巴怪蟲看來只會比格魯更凶、更賤，想到不久後我的內臟就要變成一灘漿糊，我還不如打槍打到死掉。

「來，乖乖把屁眼撐開……」惡魔愉快地用腳將我的褲子撕裂，我的屁屁立刻涼得不得了。

「等一下！有種你就把我給摔下去！」我感到那隻怪蟲正迫不急待地想鑽到我溫暖的屁眼裡。

「惡魔不要種，只要你的靈魂。」惡魔狂笑著說。

「幹！我選三！三啊！快把牠拿走！」我幾乎發瘋地鬼叫。

「很好，這樣很好。」惡魔滿意地點點頭，把那怪蟲吞了下去，用銳利的腳趾甲再度劃開牠的腹部，取出一個蛋形金屬。牠按下蛋形金屬上一個紅色按鈕後，那顆蛋像蓮花花瓣一樣打開，打開後，裡面又有一層金屬花瓣繼續打開，之後，又有四層金屬這樣打開，好像裡面的東西非常寶貴似的；最後第六層金屬綻放完畢後，一根管子「嗡嗡嗡」地升上來，管子的末端有一個彈珠大的綠色小球，惡魔小心翼翼地取出它，將它放在我的手中。

「拿好，別掉了，我以路西弗之名發誓，如果你敢丟了它或是反悔，我一定拿一百隻比剛剛的蟲恐怖十倍的東西塞到你的肚子裡。」惡魔巨大的眼睛登時發紅。

說完，惡魔抓著我跟小釧慢慢飄下樹海，牠輕輕將我放在地上，唯恐我一不小心，手上的東西就會掉落。

「記住了，把這個綠色小球放在柯宇恆的脖子上，然後直接在他的脖子上捏碎它，一碎手就趕快離開，如果沒機會，手臂或其他地方也可以，你要知道，小釧在我的手上，如果你不照做，我就把她擰成一條人柱，柯宇恆知道的話，他這個多情種也會要你犧牲他的，嗯？」惡魔說。

「怎麼你自己不做？你變成小韓的話，一樣可以接近老師的，不是嗎？」我看著那顆小球。

「我喜歡你幫我做，快去！別露出馬腳了！我聽覺很敏銳，只要你一發出警告，我就殺了小釧！」惡魔沉著臉。

我趕緊轉過身，朝著柯老師的方向跑去。

我的心裡眞的很沉重，我絕不願這樣出賣老師，雖然我很明白要是我不這麼做，惡魔一樣可以用噴火或其他一千種方式將柯老師殺掉或做成標本，但我就是不願柯老師因我而死。從小到大，就只有柯老師這樣跟我沒有芥蒂、稱兄道弟地相處，要是我媽媽、Lucky也能在魔界（應該確定是魔界了吧，都看到惡魔了）陪我，其實我交到柯老師這樣的良師益友後，根本就沒必要回到那個沒人相信我的世界。

一點必要也沒。

我不願加害柯老師，但就跟惡魔所說的一樣，老師要是知道小釧的死活掌握在惡魔手上的話，祂一定很樂意犧牲祂自己的，我只希望老師不要拖拖拉拉地死，早點到消防星等我。

我跑著。

遠遠地，我看見老楊攙扶著柯老師慢慢走近。

我真希望老師能了解我將對他所做的壞事，不要懷著疑惑跟憤怒死去。

我集中精神。

非常集中。

也許我能辦到……

「老師，您聽到了嗎？我是勃起……」我嘗試學著柯老師一樣，集中意志力發出腦波。

沒有回答，只見柯老師越來越近。

我不想，也不能放棄……老師說我的超能力天分很高，希望不是隨便捧我。

49 賤胚

【老師，您聽到了嗎？我是勃起……聽到請用腦波回答，千萬別出聲！】我停止跑步，假裝喘氣，以便更加集中腦力。

【嗯？你學會啦！】是柯老師。

【嗯，剛學會的。】我。

【乖乖不得了，你眞是他媽的厲害。】柯老師。

【老師，您跟老楊走慢一點，我有很嚴重的事要跟您說，千萬別出聲！】我。

【嗯？】柯老師。

於是，我將小韓其實就是惡魔的部分開始說起，一直講到惡魔逼我做的選擇，柯老師拖慢了腳步，仔細地接收我的腦波。

【老師，怎麼辦？】我。

【媽的，對手是惡魔，還能怎麼辦？】柯老師。

【老師？】我。

【那就按照牠的計畫動手吧，不過，你要答應我一件事。】柯老師。

【嗯。】我。

【我知道很困難，但如果有一點可能的話，我希望你在我死後，能救回小釧，盡力而爲，

好嗎？】柯老師。

【老師您也別太擔心，人死後會變成消防星人，到時候您跟小釧姐會再相遇的。】我。

【要是那樣就好了……還有，如果有機會的話，希望你可以查出這個扭曲世界的眞相，在我的墳前告訴我。】柯老師。

【其實我覺得，我不會比您晚死幾分鐘……】我。

【他媽的……哈哈……】柯老師。

【幹！哈！】我。

雖然老師的腦波很灑脫，但我可以感覺到老師對小釧安危的關心與不捨。

該來的，躲不掉。

柯老師跟老楊。

「柯老師，小韓腳受傷了，我揹不動她。」我說。

「太爛了吧，你就這樣把小韓丟著啊？」柯老師說。

「那個賤胚，死了最好。」我說著，一邊快速地捏著綠色小球，朝柯老師脖子上用力壓下，綠球一破，老師的臉色微變，全身如遭雷擊般猛然抽搐，連叫也沒叫，雙腿倏然跪下，昏死過去。

我看著小雨打在我最尊敬的人的臉上，難受不已，老楊吃驚地看著我，叫道：「你做了什麼？」

「別緊張，死不了的。」是惡魔的聲音。

惡魔有多醜就不再贅述了，總之醜到老楊一看見牠乘著巨翅從天而降，立刻發狂似地抓著我大叫。

「做得很好，現在我們該走了。」惡魔將小釧放在地上（反正跑也沒用），摸著牠羚羊狀歪曲的頭角，然後從嘴巴裡取出一顆水晶球——那個水晶球就是我在小韓房裡看到的那顆。

惡魔將水晶球放在地上，單膝跪地，垂著頭，喃喃細語著單調的不知名語言，水晶球漸漸發光，裡面出現一個小小的影像，一切都跟我在小韓房裡看到的極相似。

就這樣唸經般地跪在地上約三分鐘後，惡魔才恭敬地收起水晶球，在這三分鐘裡，我用腦波簡單地跟老楊和小釧敘述了發生的一切，老楊似乎聽不進去，只是不斷發出恐懼的腦波，小釧則坐在柯老師身旁，一邊摸著老師的臉龐，一邊掉眼淚。

不久，幾隻醜爆了的怪物從天而降。

第一隻，全身赤紅的鱗甲，有三個頭，分不出哪一個頭比較醜，八隻螳螂刀臂，鎖鏈價響的長尾巴。叫牠三爛頭好了。

第二隻，粗壯到分不清頭跟脖子的連結，尖銳的岩石是牠的皮膚，臉上只有一個暴牙的大嘴，正微微吐著紫色的鬼火。叫牠大嘴吧。

第三隻，跟原先的惡魔是同一個樣子，不過更高大、更瘦，牠細長有力的肌肉本身就如刀子般鋒利，蝙蝠翅膀更是長得驚人，只見牠仰起頭，大叫一聲，翅膀疾展，身旁十五公尺內的巨木便無聲無息倒下。先叫牠大翅膀。

「走吧。」原先那個惡魔說。

我們沒有反抗，當然沒有，就任憑這些夭壽醜的爛東西將我們載走。

惡魔的長相？窮凶惡極？青面獠牙？

也許牠長得跟我們很像，

也許根本就一模一樣——

浮濫地說，每個人心中都有一個惡魔。

如果，惡魔，你正在看這篇小說，

請原諒我，我只是一個瘋子。

我是說真的。

50 巨井

三爛頭用牠其中四隻手勾住我的四肢，飛了起來，牠瓢蟲般的薄脆翅膀看起來怪沒力的，我眞擔心會摔死。

大嘴沒有翅膀，看來剛剛是別的怪物載牠來的，牠扛起老楊，踩著樹梢、樹頂，在樹海上快速奔跳，速度倒跟三爛頭差不多。老楊眞是倒楣，死之前不能享受一下飛的滋味，還要這樣被扛著跳，我看他一定吐死了。

原先的惡魔抓起小釧飛在我們的後面，故意放慢速度監控著。

昏迷的柯老師被大翅膀載著，飛在最前面，大翅膀飛得小心翼翼，看來連平時一成的速度都不到——柯老師顯然十分重要。

就這樣過了十分鐘左右，我們來到瘋人院的上空。

大嘴沒有停下來，揹著老楊竄入樹海裡，不一會兒，瘋人院劇烈震動，看來大嘴啓動了藏在樹海裡的機關。

瘋人院緩緩沉入地底，不停地下陷，速度也愈來愈快，旁邊裸露出整齊的岩壁，看樣子這個洞很深。大約快十分鐘時，終於，「鏘」一聲悶響，應該是到底了，惡魔們才朝著黝黑的洞口飛下去；至於大嘴，牠靠著「野性十足」的運動神經，藉踩踏岩壁的反作用力，飛簷走壁式地向下急衝，眞難爲了老楊。

我們往下飛的速度很快，但是比起剛剛瘋人院最後急速下沉的速度卻有所不及，我們愈飛愈深，四周也愈來愈黑，足足飛了至少半個小時才看見底下一點紅色的燈光。

本來，這個像極了巨井的洞穴，周圍都是整齊平滑的岩壁，但一到了接近地面（瘋人院的屋頂）時，岩壁不見了，代之的是精密、超科幻的機械紋路，閃爍著紅色的光芒。

當我們踏上地面（忍不住再提醒一遍，是瘋人院的屋頂）後，惡魔拎著我們走向機械結構的井壁，大翅膀對著幾個透明發光的圓球按了幾下，一道門打開了。

隨著這道門的開啓，祕密也開啓了，故事，也走入尾聲了。

沒有人會知道這個故事。

眞羨慕衛斯理，不管遇到什麼事他總是可以全身而退。

如果這是一篇小說就好了。

隨著門在身後關閉，我們的生命也會關閉，故事，也永遠埋在瘋人院底下的巨井裡。

我們走在一條甬道裡，燈光很充足，因爲整條隧道都在發光，沒有不舒服的感覺。不過，一想到我們等一下的遭遇，我就打了個寒顫。

「別說我沒警告你，你要是敢在這裡尿尿，我一定把你的水龍頭切下來。」原先的惡魔瞪著我。

「你眞行。」我悻悻地說。坦白說，爲了倒地將死的柯老師，我內心充滿了憤怒，眞想幹一架再死，所以對惡魔的恐懼已降到最低。

甬道很長，因爲發著光，所以溫溫熱熱地，我們被雨淋濕的身體漸漸烘乾，小釧的視線一直沒離開柯老師。

走了幾分鐘，又一道門向上升起，這一道門很大，也很厚實，大概有五公尺厚，十幾二十公尺高，門上升的速度也很慢，發出金屬沉重的轟隆聲。

這一道門的後面，是一座……一座青綠色、很怪異又很寬敞的廣場，說它怪異，是因爲牆上擁有許多巨大的機械，而這些機械給人的感覺是非常進步的科技感；但是廣場的中央，卻聳立著一座高大的古老石像（金屬像？橡膠像？），強烈的對比差異非常不自然。

這個石像非常陳舊，但是極有魄力，是一頭逼眞的魔獸。牠的樣子本是醜陋至極，比大嘴、大翅膀、三爛頭加起來都要醜；但是，我卻不得不承認，這個石像凜然無懼的凶惡神態，強健的細長筋肉，環繞整個廣場的巨翅，那種絕對凶殘的霸，反而有一種魔中梟雄的英氣，並不讓人討厭，只是單純的畏懼。

精密機械的周圍，有一些很像「大嘴」的「大嘴」持著奇形異狀的兵器來回走動，看來，大嘴只是這些魔物的士兵、守衛之類的。

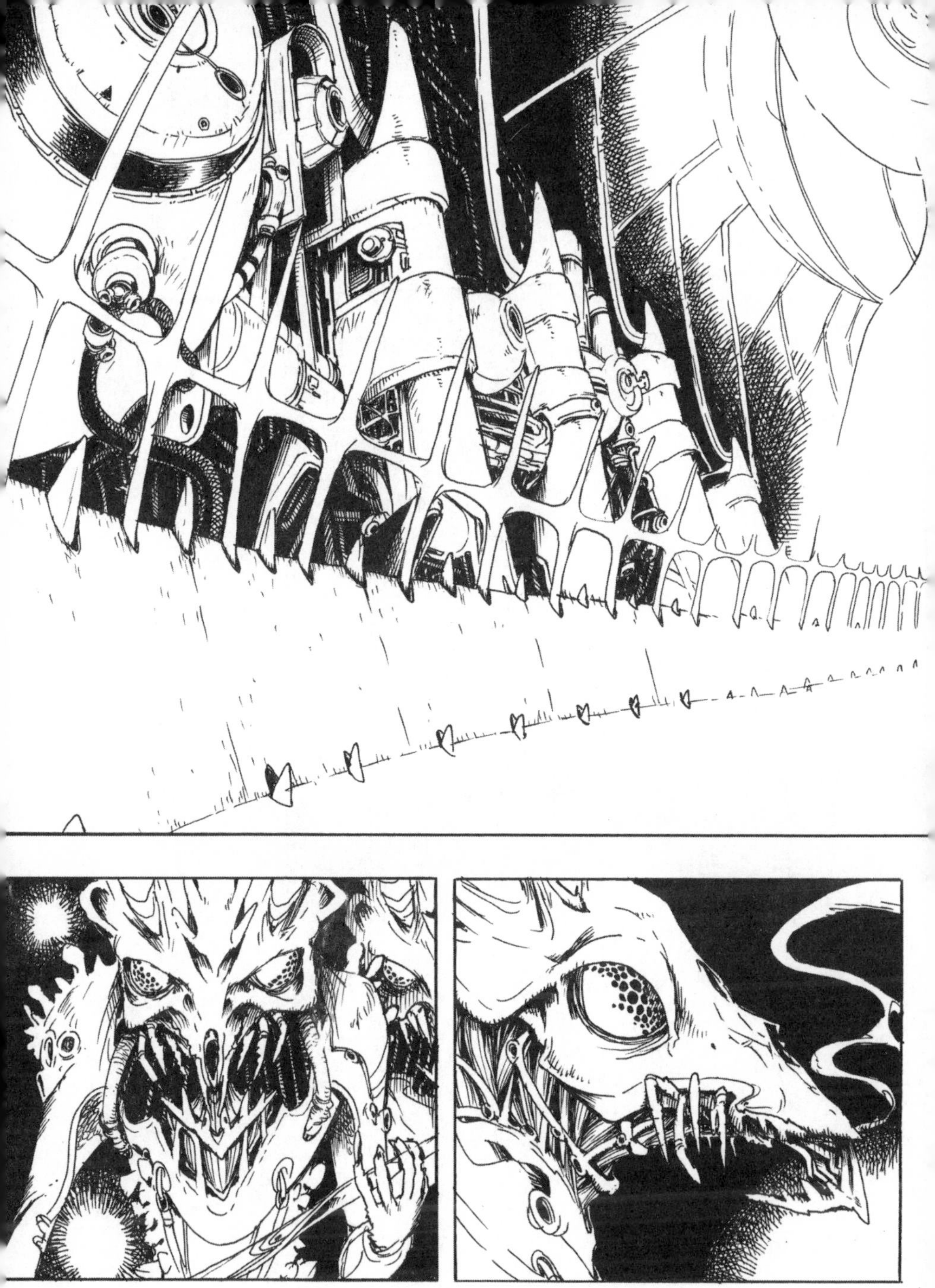

51 哈利路亞！

「這裡是哪裡？」我問。

「你有什麼籌碼問？」三爛頭輕蔑地說（其中一個頭說的）。

「要死也要知道爲什麼吧！」我漫不在乎地說。

「沒這個必要，你不會死，這裡也沒有人會死，所以，你也不用知道。」大翅膀說。

「那柯老師呢？祂也不會死？」我突然看到一線生機。

「也不會死，不過會比死還要痛苦。」大翅膀說。

「所以，從現在開始，不要再問問題了；應該反過來，我問，你答，楊哲羽，你也一樣。」原先的惡魔說。

「我……我……我呢？」

是柯老師的聲音。

原本昏迷的柯老師在大翅膀的腳下含糊地開口說話。

「眞是驚人啊，柯宇恆，哈哈——」一個宏亮的聲音從巨大石像底下傳來，一道星形門在地上打開，又一隻魔物從底下升起，大笑著。

「齊米耶，把他綁在力飲蛭上，再餵他三隻敵邏輯。小心點。」那隻魔物說。

牠的樣子跟石像有幾分相似，但是少了那股昂然霸氣，卻多了點猥瑣；而且蒼老得多，鱗甲都有些剝落了，贅肉也鬆垮垮地掛在身上。但牠話一說完，原先的惡魔立刻將柯老師綁在一台蟲形座椅上，並從大翅膀的手中接過三粒綠色小球，塞進柯老師的嘴裡。看樣子那隻發號司令的魔物階級較高，牠一進來，不只魔鬼們乖乖聽令，數十個守衛的大嘴也全都跪在地上，不敢抬頭。

柯老師一吞下那三顆綠色小球後，身體又抽搐了一下，這次雖沒昏倒，但是臉色更加蒼白，汗珠斗落。

「爲了獎勵你們能夠到這裡來，就讓你們聽得懂我們說的語言吧，齊米耶、路瑟思、裘馬，從現在開始不要用魔語交談。」那首領笑著說。

「是！」那三隻惡魔肅然領命。

「你……你們有什麼……狗屎目的……」柯老師臉部表情非常迷惘，眼睛完全失卻光采，但仍努力將話吐出。

「目的？本來是完全沒必要告訴你們的，但看在你吞了四隻敵邏輯卻還能拚命說話的分上，我就說到你完全變成一個瘋子，不能思考爲止吧。」首領繼續道：「我先自我介紹，哈！這似乎是地球人重要的禮貌，將祕密在英雄死前盡吐，似乎也是地球冒險小說的規則，今天我就盡如你意吧！我的名字是薩麥爾，我……」

「惡魔薩麥爾？Samael？」老楊驚呼。

「沒錯，《啓示錄》上將我列爲撒旦級的七位大魔王之一，說我是當初同神造人時唯一成功的墮天使，哈哈哈哈——神？墮天使？根本沒的事！只有七位魔王的部分還有點對頭。」薩

哈利路亞！哈利路亞！

麥爾誇張地笑道。

「你眞的是惡魔？老楊，你認識這個醜八怪？」我問。

「在……在書上看過……從神之命掌管人的生命，又稱死亡天使，後來不知何故墮落……」老楊全身顫抖地說。

「不用唸下去了，這全都是那幾個王八蛋編出來的故事罷了！」薩麥爾不屑地說。

「如果不是，那你是誰？外星人？哪一顆星來的？」我問，反正我遲早也要轉世成這麼醜的外星人。

「沒錯，我的確是外星人，齊米耶、路瑟思、裘馬，也都是外星人；不過，我們不都是從同一個星球來的，這也沒關係，反正你們地球人都管我們叫惡魔。」薩麥爾說。

「哈利路亞！哈利路亞！哈利路亞！哈利路亞！」我雙手在胸架成一個十字架，大聲叫喊。

「沒用的，我們跟你們一樣，都是血肉之軀，都有科技文明，這種不像樣的白痴咒語還是省點力氣吧！」裘馬嗤之以鼻地說。裘馬就是三爛頭。

52 駭客任務

「究竟……w……why？」柯老師低頭流出鼻血，搖頭晃腦地說。

「你撐不了多久的，小柯，還是乖乖閉上眼睛，睡覺吧！」齊米耶用小韓的聲音甜甜地說，眞是令人做噁。

「你……殺了……小……小韓？」柯老師說完，吐出一大堆東西。

柯老師的情況很糟，我不知道祂吃的到底是什麼；但是聽薩麥爾說，老師馬上就要陷入瘋狂了，現在老師勉力支撐，就是想得到眞相，我必須趕快幫柯老師問出這一切的謎底，讓柯老師沒有遺憾。

「快說！」我叫道。

「不准大吼大叫，這裡是祭堂。」薩麥爾警告我。

「打從一開始就沒有小韓，只有賽司迦跟我——齊米耶，我們負責監視你們。」齊米耶忿忿地說。

「爲什麼要監視我們？」老楊搶著問。

「你問錯了問題，你應該先問，這裡是哪裡？」薩麥爾說。

「這裡是哪裡？」老楊又問。

老楊的表情充滿了可悲的無助。

「這裡是魔界，道道地地的魔界，用你們更貼切的話來說，這裡也叫地獄。」薩麥爾說。

「地獄？這裡是另一個平行的時空？還是只是另一個星球？」我說。

「很抱歉，這裡沒有你想像的那麼遠，我們的經費不足以在別的星球建構這麼大的地方，這裡是地球，位置是地底下三十公里，你現在正站在我們太空船裡的祭堂裡。」薩麥爾說完，我跟老楊都不能置信。

「那我們之前生活的地方，眞的是台灣？你控制了台灣？」老楊問道。

「控制？那多划不來，是複製。你們生活的世界是我們複製出來的台灣，花費四兆魔幣人力、科技計算所複製出來的寶島台灣。」薩麥爾格格地笑著。

「魔幣是北宇宙通用的錢幣，不能換算成美金，因爲地球目前仍太落後無法加入宇宙級的交易聯盟。」齊米耶解釋道。

「複製的台灣，你是說我們像《駭客任務》一樣，這裡是虛擬實境？」我說，雖然這存在諸多不合理，如果眞是虛擬實境，那現在這些惡魔也是虛擬的——根本沒必要。

「不不不不不！」薩麥爾搖搖頭，來回踱步說：「雖然我們也從事虛擬實境的實驗，但是效果沒有複製這麼好；完全眞實的複製，效果可眞是遠遠超過其他一切方法。你們很不幸，被分配到『眞實互動組』。」

「快……快說出……目……的……」柯老師氣若游絲地說。

「再給他一隻。」薩麥爾皺著眉頭說（牠很醜，可是牠有眉頭）。

路瑟思，那個大翅膀，又拿了一個綠色小球餵入柯老師的嘴巴。

薩麥爾點點頭，又看著我們說：「雖然跟你們講解這一切絕對沒有任何意義，因爲你們等一下也會吃下敵邏輯，然後變成錯亂的白痴。但是距離上次跟地球人講解已有上千年了，沒有炫耀的機會，不管是哪一個星球的人都會受不了的。你們能被我們用近乎暴力的手段帶到這個祭堂，也算是你們厲害，眞的，很了不起呦！哈哈，就當作是獎品吧，頒完了獎，你們就要跟理智說掰掰了，現在，就由齊米耶，也就是你們認識的小韓，來爲你們做簡報吧。」

「是。」齊米耶走到祭堂的中央，左手一揮，一個小鋼管從地上升上來，鋼管的末端是一顆紅色小球（牠們好像很喜歡這樣管子配丸子），齊米耶拿起小球，擲向牆壁，紅色小球一破裂，就迅速將整個祭堂的四周牆壁「染」成一片光暈，我們就置身在光暈中央，接著，齊米耶說：「母電腦，請快速製作人類恐懼計畫介紹影片。」

53 A、B

過了三十秒，地上又冒出一根鋼管，上面有一個金色小球，齊米耶將小球輕丟在地上，小球破裂時在地上流竄出金色的光波（不到一公分高）向紅色的光暈流去，一下子，金光跟紅暈交融在一起，出現極爲立體的影像，我們被影像包圍……被宇宙星光包圍。

滿室的星斗，壯觀，美麗的銀河如千億隻水母集體發光，炫目。

我想剛剛紅色的小球製造出的是煙霧狀的「螢幕」，而載滿資訊的金球則投射影像在億兆個光暈微粒上，產生這樣立體眞實的環繞視覺。

「地球不是唯一有生物的星球，這是常識；甚至人類在宇宙生物誌裡也排不上多高等，倒不是地球人笨，而是地球人的文明較宇宙大部分星球要來得晚。人類只有近兩萬多年的文明；而我的母星，極翅星人，則擁有八十萬年科技文明；薩麥爾首領的撒旦星球，更擁有一百四十萬年的高科技文明，在全宇宙排行第七。不過令人吃驚的是，人類雖然起步很慢，但科技發展卻在這幾千年裡就到達初級宇宙探險的進度，這個進度超越所有星球的技術歷史，甚至領先第二名整整三十萬年。人類，眞是可怕的民族。」齊米耶說。

「好說，你放了我們，我就饒你一命。」我沒好氣地說。

齊米耶不理會我，繼續說：「一個機緣裡，大約在地球爬滿巨大的低等動物——也就是你們慣稱的恐龍時，我們向宇宙商業聯盟（牠唸了一個名詞，但發音奇怪我就沒記住了）登記購

恐懼炸彈

買地球。當時地球的價碼很高，因爲充滿了各種可能性與生機；當我們接收地球後，發現恐龍這種愚笨的居民再養幾萬年也進化不了多少，肉也不好吃。於是，在公司高層開會決議後，我們向自己的財產發動總攻擊，順便實驗新武器，炮火猛烈血洗大地，數年屍橫遍野；我們稱爲『天火行動』，打算殲滅了恐龍一族後，讓地球養養幾萬年元氣，再進行開發改造，計畫把地球當成監獄或礦場，甚至武器試爆場。」

「你剛剛提到公司，那是什麼玩意兒？」我說。

「我跟路瑟思都是極翅星人，裘馬是美加笛亞星環人，牠就是之前公車上的司機，薩麥爾

首領則是撒旦星人，你所看到這幾百個沒有翅膀的警衛則是只有編號的奴隸，我們都受僱於一家宇宙級的公司，原本做的是軍火交易，近幾千年則刻意轉型爲代工星際導航器與抗黑洞拖引機，以掩人耳目。」

「掩人耳目？」老楊說，老楊已經較剛剛鎮定多了。

「一定不是什麼好勾當。」我說。

齊米耶說：「故事要從宇宙兩大軍事聯盟對抗說起，我們姑且稱它們做A、B吧——」

「不要，我要叫ㄅ跟ㄆ！」我大聲說。

齊米耶瞪著我，說：「要不是薩麥爾大人要我做簡報，我一定把你的腸子從屁眼裡拉出來！」

看我沒有回話，牠拍一拍手，周圍的影像變成壯烈的星戰影片。數千艘奇形艦艇和無數小型圓形戰機相互開火、爆炸，又有巨型戰艦釋放威力駭人的光束，一口氣掃射摧毀數十艘敵艦，但自己也立刻被圍攻成碎片。

簡直是一堆笨蛋野蠻的群架。

宙斯不安分的雞八　耶和華的妒恨
奧汀的小家子氣　玉皇的排場
女媧的善良　釋迦的孝順
阿拉的天怒　這些當然是我的刻板印象
但我從他們身上　看到了最平凡的影子

54 倪匡

齊米耶看著影片，又繼續道：「六十多萬年前，A跟B各擁數百顆星球的軍事力量，拉開一場綿延無期的宇宙大戰，戰到初始的原因失焦，雙方不肯妥協，只求毀滅對方，但這是不可能的。彼此都有四、五百顆星球的強大武力，加上防護罩技術突飛猛進，動輒摧毀一整顆星球的毀滅光彈變得無用武之地。戰爭僵持不下，零星的炮火與大戰役持續不斷，就這樣不分上下地過了數萬年。而在這場戰爭的前期，我們公司研發出的巨型毀滅性武器大賣，但在中期時，另一家軍火公司發展出最新型的超導防護罩，我們公司的產品怎麼也穿不透這種防護罩，更別提後來的超導二型、三型了。其他公司的大型攻擊性產品也嚴重滯銷，這時，戰爭正式進入了新時代，以短兵相接的原始登陸殘殺代替飛彈、光砲、震波等太空作戰方式。當然了，我們公司的業務因此急速惡化，幸好，這時我們發現了地球的改變。」

「改變？」我說。

我注意到柯老師已經僵癱在蟲型座椅上了。

「地球出現了人類。」齊米耶說。

「哼，居然出現了人類，眞是美妙的巧合。」薩麥爾冷笑道。

「很正常不是嗎？你們消滅恐龍後，人類不是就從猿猴進化來的嗎？」我說。

「因爲戰爭的緣故，我們有很長一段時間沒有回到地球，徹底忽略了地球這個一切都毀滅的地方，但就在我們再度回來，打算用地球當試爆場做出能穿透超導三型防護罩的武器時，我們驚覺地球早已出現『神族』，也就是人類。」齊米耶說。

「應該說是神族的後裔。」薩麥爾說。

「是，是神族的後裔。」齊米耶說。

「你是說，眞的是神創造出人類的？」老楊驚道。

「『神族』只是宇宙一個星球的民族，樣子跟人類極相似，生命週期很短，只可存活五十年；科技普通，生物戰技低落，因此愛好和平。在宇宙戰爭裡是中立國，曾嘗試調解A、B兩集團的戰爭，卻被B集團入侵奪取礦源而亡國；當時有許多太空船逃出來，但大都在逃亡途中被擊燬。沒想到我們在地球上卻看到他們的後裔，才知道當初有幾千個神族逃到這裡定居，如今已有百萬個後代原始地生活著。」齊米耶說。

我跟老楊已驚得闔不攏嘴，要不是齊米耶禁止我尿尿，我一定會大尿特尿以配合劇情需要的。

薩麥爾接著道：「驚訝吧，但因爲地球的氣候條件跟神族的家鄉大不相同，所以第一代的神族生下第二代神族後，很快就過世了；第二代學習到的文明殘缺不全，所以過了幾代，原先的科技文明就消失了，開始最原始的生活方式。然而，神族後裔的身體爲了適應地球，肉體漸漸演化，後來竟然可以活到一百多歲，比神族多了一倍；甚至，精神力也產生了演化，大大超越了最早的神族，這恐怕是神族始料未及的。」

我說：「這眞難以想像，好像倪匡的科幻小說。」

齊米耶說：「本來我們也不在意神族的改變，仍打算試爆穿透力極強的『撒旦級密透彈』，這種彈頭威力不大，但可望刺透超導防護罩。若成功，將狠狠射穿地球，當時，我們一次試射了十顆，並拍下這段影片。」

齊米耶拍拍手，周圍的影像出現十道疾衝的火光，火光的目標當然是地球。

我一點也不緊張，畢竟我，人類，活得好好的……雖然我待會就好笑了。

55 路西弗

火光接近地球時，大地動搖，但就在火光穿透大氣層時，十道中的四道突然失去動力，直接在高空中爆炸，火雲延燒千里；另有五道火光亟然逆轉，向攝影機的位置轟來，接著訊號便是一陣錯亂。

當攝影機再打開時，顯示身旁其他兩艘戰艦已經穿了兩個大洞，不久就爆炸了。

「還好當時我們的母戰艦已購買敵對公司的超導防護罩三，也幸好撒旦密透彈沒有想像中的厲害，當火光逆射時，母艦即時打開護盾，擋下三顆密透彈，但兩艘輔艦卻罹難了。」

「還有一顆密透彈呢？」我問。

「爲什麼會逆射？」老楊問。

薩麥爾拍拍手，指著畫面中的地球，說：「近攝。」畫面中的地球立刻放大了數倍，只見海洋上穿出一個大洞，冒出濃煙烈焰，海嘯凶猛地向陸地襲去，可見最後一顆密透彈成功擊中地球，幹出一個大洞。

「幹！」我碎碎唸道。

「這就是地球人『大洪水』傳說的由來，也有些人管它叫諾亞方舟的大水，命中的地點就是百慕達三角洲，也就是我們現在的位置。」薩麥爾說。

「What?」老楊說。

「難怪這裡這麼深，原來烏龜洞老早就挖好了。」我說。

齊米耶怒道：「首領，請允許我懲罰這個小鬼！」

薩麥爾搖搖手，說：「他還有用，別太計較。」

我樂得大笑：「對！我還有用，來，小韓，親親我的屁眼！」

雖然不知道我有三小屁用，反正褲子已經被撕裂了，我就露出屁股在齊米耶面前亂晃。

齊米耶轉過頭不看我，指著影片中燃燒的戰艦，說：「爲什麼飛彈會逆射，原來是地球人在搞鬼。當我們回過神後，派遣數百個員工趁著大水登陸調查，卻無一生還。但從即時傳送回來的影像推知，地球人裡有九個天賦異稟的超級人類，將九顆密透彈生生逆射；但由於其中四人功力較低，只能在大氣層中引爆它們，另外五個人卻精準地反擊我們。」牠繼續道：「但因爲來不及攔截第十顆密透彈，地球還是受創了，但受創的程度很低，只淺淺地命中海底三十四公里處，我們推想，應該是那九個人其中之一及時將飛彈的速度降到最低的緣故。」

「幹！眞強!!是上帝幹的嗎？」我大笑。

「那九個人不只逆射了密透彈，還將數百個武裝精良的員工輕易地殺掉，震撼了公司高層；母公司董事長路西弗立刻指示封鎖消息，還親自降臨地球展開談判。」齊米耶說。

「路西弗？《啓示錄》裡的路西弗？」老楊睜大了眼睛。

「沒錯，《失樂園》中引誘亞當、夏娃食用禁斷的知識之樹果實的蛇，就是路西弗；不過這些都是謊言，都是那九個人亂編出來的故事。這一尊石像就是我們董事長的肖像，祂已經在兩百多年前過世了，祂是個英雄，我們永遠敬畏祂。」齊米耶肅然起敬。

「沒想到外星人也搞偶像崇拜。」我冷笑道，雖然石像霸氣逼人，可知那個怪名字的董事長生前的確是一代梟雄。

「路西弗大人親自率領公司其他六位執行董事來到地球，跟擁有奇妙力量的九位人類談判。後來，人類就稱我們為魔鬼，我們七個執行董事就是撒旦級的大魔王，薩麥爾大人也是其中一位，而那九個人類，分別是女媧、宙斯、奧汀、耶和華、阿拉、釋迦、玉皇、隱飛和零。後面兩個，你們應該沒有聽過，因為談判破裂，我們索回地球不成，忍氣回到太空中的母艦時，路西弗大人下令百艘航母啓動神導防護罩戒備，再發射一千枚透射彈攻擊地球，想讓九人攔截不及。不料，那九人有了上次的經驗，超能力大增，每一枚飛彈都逆射向我們的航母群，我軍一時大亂，沒有購買防護罩裝置的兩百餘艘輔艦立即被掃成蜂窩，場面慘烈無比。董事會大驚，下令退守月球，不過那九位超級地球人中的兩個——隱飛還有零，也因此力竭而死。」

齊米耶指著兩百餘艘輔艦瞬間化為殘骸的影片說。

56 萬年的對抗

「太酷了!太shock了!」我幾乎抱著老楊大叫。

「那些神祇眞有其人?」雖然死期不遠，老楊也不禁大笑。

「那些人根本不是神，只是進化的地球人，因爲他們也會死——就在那一次攻擊的兩百多年後。」薩麥爾說。

「還活著的七個地球人，篤信科技文明並不能與他們的精神力抗衡。他們爲了要持續跟我們對抗，各自創生了宗教，尋找繼承者守護地球，創造各種神話醜化我們以凝聚團結意識。這一點，他們說對了，他們後繼有人，代代皆有特異的超級人類跟我們零星發生衝突。最盛時期甚至有二百六十個程度不一的人類默默跟我們對抗，有的登上我們的太空船殺戮一番，有的單槍匹馬解決一支小艦隊，有的十幾個聯手擊破我們在地球的基地，把我們建設地球的計畫搞得一團糟，董事會一度束手無策，想乾脆放棄這個邊陲星球算了。」齊米耶說。

我覺得很疑惑:「對呀!你們不是只把地球當試爆場嗎?隨便再找一個星球不就好了?」

齊米耶回答:「起先，問題出在地球人反擊我們後，董事長路西弗不計前嫌，要求那九個地球人加入我們公司，協助開發以精神力爲主的新型武器以換取地球和平，那九個人類態度很差，同聲反對。宙斯還揚言要公司爲大洪水付出代價，脾氣最差的耶和華還當場用超能力殺了七個董事身後的隨從洩恨;女媧聲稱人類不會貪圖地球自身的利益幫助公司開發武器去殺生，諸如此類的。路西弗大人認爲既然不能將這些人的超能力挪爲己用，要是被其他公司發現並利用時，對公司的軍火事業又將是一次重創，於是下令擊燬人間，稱爲『天火計畫二』，不料從此引發人魔間萬年的對抗。」

這種歷史課本從未紀錄過的故事，居然比從小聽到大的神話更加精采一百倍，事實總比虛構要來得離奇——這句話果然很有味道。

奇怪的是，我以前認識的外星朋友，居然沒將這麼有趣的事告訴我……

齊米耶又拍拍手，周圍出現各種古怪的宗教團體的廟宇跟儀式進行的影像，說：「這些就是你們眼中的邪教。爲了公司的新武器，我們一方面想贏得這場戰爭，一方面想自己『製造』出服從公司的超人類。於是我們組了一支名爲『惡魔宗教』的團隊，無限期在全世界各地宣傳我們的理念，滲透各大宗教團體，讓人們漸漸揚棄原先那七個人的理念。如此一來，擁有超級力量的人數果然驟減，加上近兩百年來人類科技急速發展，資本主義思考盛行，人們淪爲追逐物質科技的生物。此外，宗教精神沒落不說，還出現各種跟魔教很像的團體，許多的上師、上人、教主，這些騙子根本沒有異能力，更遑論保衛地球了。」

齊米耶嘆了一口氣：「可惜，我們以自己的宗教製造超能力天才的計畫一直沒有成功，只是成功地將人類的精神文明腐化罷了。」

現在一想，這年頭宗教大師倒不少，但眞正創造神蹟，像摩西一樣分隔紅海的人，可說一個也沒有。有的話，報紙一定連登十年的頭條——原來神蹟不是騙人的，只是幹得出來的人早就沒了。

57 臉上溼溼的

「等一下，你們說了這麼多，我的確獲益匪淺，沒有比這件事聽來更驚人的事了。不過，第一，這跟你們將我們抓來這裡，有著什麼樣的關係？第二，既然地球沒有超……超級人類了，你們爲什麼不按原定計畫，將我們地球人殺個乾淨呢？」老楊問。

「我可沒說地球上沒有超級人類了，只是我們沒有發現。沒錯，近兩百年來的確沒有人再像之前的超人類一樣，以奇異的能力破壞我們的計畫。但大舉入侵還是不保險。記得八百多年前，我們也曾判斷地球沒有會奇異法術的人而投下二十顆冰封彈，結果只有兩顆落在地球上；不過那兩顆冰封彈被導引到原本就是冰天雪地的南北極上空引爆，損害極微，剩下的十八顆，每一顆都反砸在我們的機群上，凍死了上百員工。」齊米耶恨恨地說。

我說：「所以現在地球上很可能還有超人類？」

齊米耶說：「據我們所知，一個也沒有。」

我說：「但你們就是沒種。」

齊米耶說：「不是沒種，是沒必要。」

我說：「沒種。」

薩麥爾搖搖手，說：「我來回答楊哲羽第一個問題吧。後來，公司轉了個方向，不再理會地球的異能者，反正我們不侵入地球，他們也不會跟我們作對。不過，因爲A、B兩大宇宙軍事持續對抗，在沒有攻擊武器能突破超導防護罩五的情況下，我們公司軍火業績慘澹，瀕臨破產。於是我們再度對地球人的精神力展開研究，期望能找出超能力的關鍵奧祕：那種以一人之力控制大自然，以一人之力在三秒之內擊殺數百武裝魔鬼，以一人之力解除我們設在大氣層裡的隔離陽光罩的超級祕密。期望從一般平凡人類中，能研究出超導防護罩防不勝防的精神兵器——而不藉由超人類之手，路西弗大人更因日夜設計實驗操勞過度，在兩百年前過世。」

「眞是不幸啊！」我欠揍地說。

「我們是實驗品？」老楊說。

「沒錯，你們都是白老鼠。」齊米耶愉快地說。

「我不懂，我們沒有什麼超能力，根本很平凡，對你們的武器有什麼幫助？」老楊說。

超能力？

「我有超能力，我可以看見外星人啊！」我說。

「你還是不懂嗎？你還不知道那是徹底的幻覺嗎？每個星球都有白痴，而你，徐柏淳，你就是地球的瘋子。爲了我們實驗的多元化，所以特地選了個眞正的精神病患者進來，那個人就是你。」齊米耶冷冷地說。

我啞口無言。我突然想到一件很重要的事。

在我眼前的，就是一群活跳跳的外星人，老楊……老楊、小釧、柯老師，全都看得見他們……外星人……外星人大家都可以看見……那……

我的超能力是假的？我從未看過外星人!?

過去幾年裡，我都活在自己的虛無想像裡？
那個總在夏夜陪我吃剉冰的蛋捲星人——是假的？
那個時常坐在窗檯上，講故事給我聽的西瓜星人，也是我幻想出來的？
我不能接受……
這些年來，我都是一個人孤伶伶地過著？
過著一個眞正的朋友也沒有的日子？
臉上溼溼的。
「很難受的眞相吧，不過事實如此。」齊米耶冷酷地說。
薩麥爾說：「這幾百年裡，我們極隱密地進行實驗，隱密到不讓潛在的超能力者察覺。終於，就在前幾年，我們的實驗開花結果，成功的程度遠超過預期，大大的超越。」
「是，我們稱它爲『人類恐懼計畫』。」齊米耶拍拍手，影像出現了一個受到極度驚嚇人類的臉孔，像極了瘋人院裡正在爆發癲狂的患者。

58 沒有神

「首先要說明，宇宙中有很多種族都是超能力者，但只限於近距離讀心術、十公尺之內彎曲物體、短時限的隱身術等；不僅限制極多，也沒什麼了不起。但超人類卻可同時有千百種異能力，強度更高，具大型破壞力。更可疑的是，別的星際種族的超能力，只要是種族中人都會使用；只有在地球人這個民族中，是非常稀少的人類才會使用超能力。關於這一點，研究人員相信，只要掌握人類大腦運作的機制，每一個地球人都可以成爲高超的超級戰士。」齊米耶說。

「實驗成功了？我現在是超級戰士了？好！你們去死吧！」我含著淚大叫，幻想牠們的身體一個個爆開。

沒有事發生。

我早就知道……

「實驗是成功了，但我們並非創造出忠心的戰士，而是一顆顆心不甘、情不願的超級炸彈。」齊米耶說，拍了拍手，畫面是數百個人坐在奇怪的椅子上，腦袋、身上全都沾滿了小鋼珠大小的球，那些球不停地發光，並一齊發出震耳欲聾的嗡嗡聲，似乎是種精密的機器。那幾百人的表情，有些面目猙獰，有的激烈地嘶吼，有些傻傻地發笑，更多人懼怕地扭曲五官。

「我們等一下也會插上這些鋼珠？」老楊的呼吸聲沒有掩飾地流露出害怕。

「不會，但也別高興得太早。這個實驗就是虛擬實境，是公司從事的第一個實驗。我們將各種感覺與畫面，經由小球間接衝擊人體，製造神經中樞的幻覺。而這些人所看到的畫面，則千奇百怪，由模擬器隨機選擇，虛擬的時間無限。程式設計絕不允許有人在模擬世界裡死亡，就連自殺也一樣；有的人終其一生在虛幻的國度裡跟怪物搏鬥，有的人在虛擬地獄裡被處以各種殘忍的刑罰，有的人活在鯨魚的肚子裡數十年，有的人成天被各種幫派追殺，有的人每天都參與世界史裡各種經典戰役——越經典，戰況就越殘忍，屍體也就越多；還有一些人，他們的經歷跟你們一樣，莫名其妙被丟在符號錯置的世界，一輩子都逃不了，自殺也不行，我說過了，程式的關係。」齊米耶說。

聽到這些，我的心裡一掃剩餘的恐懼，無名火起，盛怒道：「爲什麼要這樣玩弄人類？」

齊米耶倨然道：「這將是名留兵器史的重大實驗，不是玩弄。」

這時老楊也動氣了，憤然道：「王八蛋！統統都是王八蛋！你們會遭天譴的。」

齊米耶冷然：「這裡沒有神，魔鬼倒是不少。」

我倒吞了一口氣。

沒有神，的確。

沒有天堂，當然。

魔鬼，眼前就有兩百多個。

地獄？我腳下踏的就是。

薩麥爾提醒齊米耶：「說下去，最精采的部分到了，停下來就沒意思了，我想得到的樂趣才剛要開始在他們待會的驚駭中尋找。」

齊米耶點點頭，繼續說道：「這個實驗設計的構想，來自人腦的承載量；連現在的地球人都知道人類終其一生只利用到腦子裡的一小部分，精密地說，約在8%到12%之間。舉幾個知名但其實資質普通的天才當例子，愛因斯坦18%、達文西21%、老子22.5%、海庫力斯28%，而我們估計在26%這臨界值後，越往後多兩個百分比，精神力就開始呈不規則跳躍級數竄升，到了85%時，我們的儀器就無法探測——也沒機會探測，因爲這個程度只有女媧那幾個怪物才做得到，我們只有被海宰的分，更別提拿他們實驗了。」

59 割下腦袋

「依照宇宙生物研究，每一個器官，每一個細胞，既然已被賦與在一個個體上，理應百分之百地被個體利用，這才符合生命原理。但極大多數的人類顯然無法善用自己的腦袋，白白浪費自己的天賦；所以公司也算是替人類爭一口氣，將來全宇宙矚目的焦點必將集中在人類身上。哈，跟楊先生相處久了，真的被傳染離題的毛病了。總之，我們利用虛擬技術，將各種不可思議的經歷強加在抓來的人類腦中，讓人類經年累月，日復一日單獨跟未知搏鬥；不，是被未知欺負，因爲虛擬程式沒有破解之道，遊戲永遠沒有盡頭。人們一旦陷於強迫孤獨的壓力，就會累積大量的恐懼。一開始，人類會盡情表現出來，露出他們無助的眼神；再來，人們終會趨於瘋狂，運用每一分意識跟環境對抗，做盡各種出人意表的嘗試只求脫困。這種情形跟人類精神病院裡的瘋子很像，他們跟世界對抗的方式看在庸人眼中，根本是沒有理性的舉動。呵，又離題了，薩麥爾大人，您眞是英明，這樣子跟人類炫耀眞有無窮的樂趣。」齊米耶笑著說。

「只敢動貓，不敢動老虎的懦夫。」我恨恨地說。

齊米耶說：「讓我們繼續吧！人類在瘋狂的狀態持續幾年後，會突然幽禁自己的一切，意識、思考、感情、痛覺、淫慾、理性、非理性，包括恐懼，全都一股腦壓抑起來。人類不再接受外來的訊息，將心靈深鎖，以防止自己再度受到傷害。這一點在我們設定『絕不能死』的指令後更加明顯，自殺也殺不死，只有徒增肉體痛楚，所以人類只好選擇關閉一切。舉例來說，有一個參與了古今中外各大戰役的可憐蟲，在日夜屠殺的最前線裡身中萬箭，幾百個夜裡被敵軍突襲割下腦袋，被俘虜幾百次，受盡極刑，他拾起自己手臂、人頭的次數跟你打手槍的次數不相上下，就這樣征戰了七年。有一天，他突然一動也不動，任憑軍法腰斬，從那一天起，他怎樣也不肯說一句話，行屍走肉，就像電風扇拔掉插頭一樣，再也不轉了。」

齊米耶拍拍手，畫面帶到那個人的視覺場景。一片凶煙，他的身旁全是猝死的同伴，百架零式戰機投下一噸又一噸的炸藥，港口、船艦、來不及升空應戰的飛機，一時之間全都爆成火海；而他，一動也不動，毫無掙扎，靜靜地讓炸飛的機關砲槍管穿透身體。

日軍突襲珍珠港？

齊米耶看著戰爭的畫面，說：「就像這樣，表面上他似乎已無所懼，死也不怕，更不反抗或逃走。但實際上，他潛意識裡的恐懼像樂高積木一樣越疊越高，愈不發洩，這股恐懼就愈積愈深，最後達到實驗的目的。在三十年後，他腦容量中累積的恐懼超過了60％，這時我們就會停止程式，以免兵器威力太強，情況將難以控制。我們會將這個人隔離起來，除了機器人，誰也不准靠近，此時劃時代的新兵器就差不多完工了。」

「這跟兵器有什麼狗屁關係？」我怒道。

「還不明白？」齊米耶淡淡說。

「明白個屁！」我喊道。

要是柯老師還清醒，他一定會這樣回話的。

「想想你們在精神病院裡所遭遇的，答案就在那裡。」齊米耶說。

精神病院？

癲狂？

癲狂！

「那些瘋子！」我失聲叫道。

齊米耶讚許地點點頭：「你只是幻視，腦子倒還沒全壞。」

我沒有回話，只是努力思考這些關聯。

「我們成功地將恐懼儲存在人類的大腦裡，也只有人類獨步宇宙的腦容量才能將這些巨大的恐懼牢牢困死，再加上一點點生化兵器的小科技，製造出開啓恐懼的鑰匙——愛，於是，一顆完美過火的恐懼炸彈於焉誕生。」齊米耶說。

「愛？」老楊無力地說。

60 「符號失序計畫」

薩麥爾搶著道：「這個部分我最喜歡，這一段簡直太諷刺了。我們把小型虛擬器裝在完成的兵器頭上，將兵器安置在試爆定點後，再開啓虛擬器的情感擬化程式，將大量誇張的豐沛情感，也就是愛，以不斷強化的方式送入兵器的腦中；過不了十秒，兵器就會痛哭流涕，將壓抑的恐懼爆發出來，爆發的方式，你們已經見識到一部分了。不過你們體驗到的，只是儲存量不到四〇%的半成品，而且爆發也中斷了。」

齊米耶接著說：「爆炸的效果很成功，我們預先裝置的超導防護罩五根本擋不住這種無形的恐懼。恐懼不是震波，也不會爆炸，更不釋放任何有形的物質，所以超導防護罩沒有破損，卻也攔不住這股懾人的精神力。試爆地點，公司名下的一座小監獄，無損一磚一瓦，但是裡面的犯人全都瞬間崩潰，變成上億個白痴。可怕的是，兵器太過完美，恐懼流竄的範圍遍及監獄行星附近兩千魔哩才停止。公司派遣的上千個太空觀察員，也變成無可救藥的智障，雖然損失不小，但比起得到人類驚異的超能力，這點人力賠損實在不算什麼。」

「得到人類的超能力?你們只不過把人類的大腦當成超大的硬碟使用!」我啐。

「現在讓我們回到你們的處境，」齊米耶看著我，說：「研究總有不同的實驗組相互對照，剛剛是『虛擬實境組』，你們則屬於『眞實互動組』。限於公司瀕臨倒閉邊緣，經費有限，我們選擇在地球的百慕達三角洲裡，建構一個眞實的世界，看看人們又會有什麼反應。但因爲實在負債累累，只能挑一個方案進行，科學家經過討論，決定採用『虛擬實境組』裡效果很好、實作費用較低的『符號失序計畫』。再三研判後，認爲台灣獨特的歷史條件、製作費用低廉的小島地形、族群衝突與融合、兩岸的軍事緊張、符號大量整合使用、秩序伴隨各種符號急速物化的現象等，的確是一個很適合的地方，在主觀的符號條件與客觀的製作費用考量下，台灣成爲複製的對象。」

不等我們發問，牠又繼續道：「二十年前至今，我們不斷派出蚊型機器獸祕密採取所有台灣居民的基因，並偷偷在每一個人的腦中植入五個白血球大小的記憶傳送機，然後以不同時序加速培養盜來基因的生長速度，幾個星期內我們就得到一批一千八百多萬個台灣人、外勞、外籍旅人的個體。因爲採用不同的時序，所以年紀也都有精確的差別。於是我們分別在他們腦中植入記憶傳送機，同步複製那些眞正台灣人的記憶，甚至感情與互動，經過科學家日夜不休地修改程式，終於在西元，哼，那個該死的耶和華，終於在西元一九九一年八月二十五日時，完全複製出那一天的台灣，親朋關係、仇恨與恩情，全都一模一樣。因爲個體經驗從母體，也就是原來的台灣居民腦中同步傳送過來，所以複製人只要依照指令行動就可以了。他們一生沒有自己獨立的情感，只是絕對服從的傀儡。徐柏淳，你因此害慘了這個複製世界的徐柏淳，他在這裡也是受盡欺負的白痴！哈哈！」

我完全無法思索，根本來不及思考，複製台灣的一切？

61 英雄美人

老楊聽了，沉思道：「矛盾，台灣常常有新增人口，嬰孩、外勞、偷渡客、旅客，這些人怎麼辦？」

「我們都在持續不斷地採樣跟複製中，偶有疏漏也無妨，反正也漸漸不需要了。現在複製的台灣跟原來的台灣愈來愈不同，這是個沒有符號規則的世界，所以電腦也控制了每個人腦中的行爲晶片，隨機執行各種不合理的舉動，長此下來，兩個台灣的人際關係產生了很多差異。你們會被選爲實驗品，也跟這一點很有關。」齊米耶說。

「願聞其詳。」老楊看來已經沉穩下來。

「要一邊使複製世界符號錯亂，一邊又要維持與台灣相同的人際關係，就算是數百台撒旦級的超級電腦加起來，也無法長期計算兩者間的平衡，所以一些錯誤偶爾會出現。例如A原本該在公車上與B認識並結婚，但因爲要使實驗者錯亂，程式因而改變了公車路線致使A、B錯開；此時，人際與秩序錯亂之間無法平衡，電腦只好隨機計算讓A娶了C。當然，這也會連鎖影響到C的人際命運，長期下來就會幾何累積大量與台灣相異的人際網絡。所以我們在挑選實驗者時，首先考量的，就是兩個世界中最沒改變的人際圈，然後從中挑選不同特質的人進入這個世界，讓他們親身，在沒有穿戴模擬器的狀態下，眞實、孤獨面對可怕的未知；而由目前的實驗結果得知，這種從『眞實互動組』製作兵器的速度，還要比『虛擬實境組』要來得快上三倍左右，約十年就可以收成了。最重要的是，兵器的穩定度很不錯，要不斷輸入強烈的『愛』一分多鐘後，兵器才會爆發出恐懼，這點對公司的庫存管理較有安全保障。」齊米耶說。

「兵器！兵器！兵器！兵器！你現在說的可是活生生的人啊！」我震怒得大吼，是哀號。

「哈哈哈哈哈……很好很好，就是這種樂趣！」薩麥爾大笑。

「你、楊教授、柯宇恆，以及你們在精神病院裡看到的瘋子，都是因爲你們的人際關係在兩邊世界裡無太大差異，配合一些性向篩選，才被我們挑選、發掘過來的。你的幻視與受欺凌的經驗、楊教授對心理學的專業與順利的人生、柯宇恆的灑脫不羈與凌亂的大學生涯，都是很好的實驗性向。」齊米耶說。

「好，認栽了，但是你剛才不是提到要讓我們單獨面對未知嗎？怎又會放任我們組隊呢？」老楊問。

此刻老楊已比心神激盪的我要來得冷靜。

「當然是故意的，當柯宇恆想到要刊登報紙尋找同伴時，研究人員想想後，決定幫助他。於是從正在進行實驗的三十七個人裡挑選出你和徐柏淳同柯宇恆組隊；所以，一陣風將報紙刮向徐柏淳的腳邊，楊教授你買的油條上包著那份報紙，都是我們刻意協助的結果；爲的是想實驗——當人們出現希望或依靠後，卻發現仍逃不出這個失序世界後，是否會加劇兵器形成的速度？當然，實驗至此算是失敗了。似乎，人類只要不是孤獨的個體，就能不斷衍生希望，或者乾脆適應了扭曲的世界，其中柯宇恆的幽默性格，與後來因爲他找到生存法則所帶給你們的希望，也是對實驗的一大重創。」齊米耶說。

「說起來，人類眞是脆弱，居然不能自己保護自己，夥伴兩個字，說穿了只是依靠的對象罷了。」薩麥爾說。

「讓我想一想，沉澱一下，你們應該不急著處死我們吧？」老楊說。

「沒錯，一點也不急，儘管想，餓了的話，我幫你叫排骨飯。」薩麥爾自認幽默地說，但他眞的又說道：「裘馬，拿兩個排骨飯來。」

語畢，裘馬飛奔出去。

老楊低頭思索。

我也低頭，但無法思索。

薩麥爾走近柯老師身旁端詳了一會，說道：「不過如此。」語畢，伸手解開蟲型椅，柯老師摔倒在地。

一會兒，裘馬回到祭堂，捧了兩個排骨便當，遞給我跟老楊。

我走向哭紅眼睛的小釧，說：「我知道妳聽不懂，但我沒有胃口，一點也沒，妳吃吧！」

小釧也不推辭，接過了便當，坐到柯老師身旁，將一口飯扒到老師的嘴邊，老師嘴唇卻一動也不動，眼睛深閉；小釧看了，又眂眂流下眼淚，卻沒停止餵飯的動作，只是飯粒沾滿了老師的嘴角，老師卻像死透了般，沒有回應。

小釧跪在她心目中最溫柔的男人身旁。

她的淚，滴落在她最愛的人的手心。

低著頭，扳開老師的手，放在自己的肩上，靜靜地坐在老師的懷裡。

滿足地閉上眼睛。

複製的世界，複製的人，複製的情感卻如此眞實。

也許，情感無所謂複製。

只有眞實。

柯老師的懷中，不是複製的愛人。

愛人不能複製。

小釧眼裡，只有瀟灑的英雄。

只是英雄已睜不開眼。

一個旁觀者，我，已無暇面對險惡的命運。

我的眼睛，已無法挪開。

無法從最美的末日景致上挪開。

恐懼？

何來？

我看到的，只有英雄美人。

這才是我死前想看到的。

小釧：「公，如果我死了，你會怎麼樣？」

柯宇恆：「不要學三流的連續劇講話好不好？」

小釧：「說嘛～～:)」

柯宇恆：「哭死吧。」

小釧嘟著嘴：「都不認真。」

柯宇恆：「那妳呢？我死了妳會怎樣？」

小釧：「嗯——我會把你的手，放在我的肩膀上，這樣就可以一直躺在你懷裡——」

一九九九．南寮海堤．夜

62 炸彈監護人

祭堂。

名副其實的祭堂。

理智的祭堂，生命的祭堂。

但絕非愛情的祭堂。

末日絕景帶給我的，不是蕭索。

我居然充滿了放手一搏的勇氣。

我站起身子，走向薩麥爾，朝牠的臉一拳扁下去。

薩麥爾沒有閃躲，因為牠根本不屑。

甚至是跪在地上的大嘴守衛、齊米耶等人，也沒有阻止我。

我完全被看扁了。

「很有幹勁，」薩麥爾說：「可惜地球人的腦力潛能雖然宇宙第一，但體能跟神族一樣，都是半調子。不過我要提醒你，再一次，再一次的話，我恐怕不能壓抑還手的慾望，即使我已經四萬多歲了，但我曾是最接近路西弗大人的戰士，身手大半都還留著——我這樣說，希望你能牢牢記住，畢竟你對我們的研究還有用處。」薩麥爾說。

「幹——」我不知道該憤怒還是該沮喪。

「楊先生，你吃飽了嗎？在你吃下敵邏輯之前，我希望你能多多發問；因爲，要是人類眞的有天堂的話，我還指望你幫我轉告耶和華這項凌虐人類的計畫，哈哈哈哈！」薩麥爾譏笑著。

老楊坐在地上，放下便當，閉著眼睛，慢慢地說：「第一，這裡在百慕達三角洲裡？」

薩麥爾說：「沒錯，但受限於空間，這裡其實比台灣要小得多，不過實驗者也無法發覺。至於爲什麼選在這裡？一萬多年前這裡受到撒旦密透彈的攻擊，造成巨變，磁場先天上就很不穩定，我們的科技只不過再輔助修飾一下，就可使人類完全不知道實驗場的存在。萬一眞的不幸有人闖入，呵，就會跟你們傳言的一樣，各種航具都會莫名其妙失蹤，永遠地失蹤。」

老楊依舊沒睜開眼睛，問道：「第二，這裡的人際網絡，既然是完全從台灣複製過來，那原先這個世界的我們呢？」

「死了，分給有功的奴隸吃了。」薩麥爾說。

「爲什麼!?」我叫道。

「當然是被我們殺的，爲了迎接你們的到來，當然要把這個世界的你們給宰了，一個換一個，天公地道，童叟無欺。」薩麥爾平靜地說。

就爲了要把我做成炸彈，一個有血有肉的我就這樣被處決了？

複製的我，難道就不是我嗎？

我的牙齒幾乎咬出血來。

「第三，如果眞正的台灣居民要出國，那你們要怎麼處理？」老楊問。

「電腦會將他們出國的記憶傳輸給複製人，降低兩個世界的不平衡。」薩麥爾說。

「第四，小韓是什麼時候被掉包的？還是根本就沒這號人物？」老楊閉著眼睛。

「齊米耶！」薩麥爾說。

「是，」齊米耶說道：「因爲在『眞實互動組』裡，程式只能執行語言、秩序等符碼錯亂的命令，並不能命令實驗者不能自殺。所以每一個兵器半成品都必須有一個『炸彈監護人』時時在旁暗中監督，並將炸彈製程進度隨時回報總部；你們還沒團結在一起之前，楊的監護人是妻子，徐的監護人是母親，柯的監護人則是室友王一顆。」

齊米耶繼續道：「而柯畢業後到小吃店打工，監護人就改爲小吃店老闆；楊的妻子故意負氣離家以加速楊的崩潰後，監護人就改爲鄰居黑伯；最後，爲了更方便監視你們團隊互動跟恐懼容量的質化研究；於是，賽司迦，我的兄長，利用生化技術易容成一個自大陸偷渡來的美艷女子——韓孝，混在你們其中，新竹火車站月台上的A4紙條，就是牠刻意留下的——爲了讓你們順利地會合。」

紙條，原來是個誘餌。

63 賽司迦

老楊聽了，眉頭深鎖，又問道：

「但是大便人薩麥爾不是說，你才是小韓嗎？」

「賽司迦出師不利，才剛跟你們會合不久，你就提議要去精神病院，不巧，複製世界裡所有的精神病院，都是我們公司儲存半成品的倉庫，途中，賽司迦判斷此舉應該沒關係，反正開啟恐懼炸彈需要極強烈的『愛』虛擬強波，不料，意外就是意外……」齊米耶恨恨地說。

老楊反問：「意外？難道你不覺得，勃起跟小柯能夠事先敏銳地察覺那些人的怪異，是擁有超能力的表現嗎？勃起只是輕輕一句話，就能釋放那些受害者的恐懼，也是一種奇妙的能力嗎？」

齊米耶說：「也許，這些都需要再調查。」

至此，老楊仍舊緊閉雙眼，說道：「還有，當炸彈意外引爆時，小柯跟勃起看到的

光，是恐懼的顏色吧!?」

齊米耶說：「雖然我極不願承認，但恐怕是的。宇宙中有很多顏色，是地球人的視覺無法看見的，而恐懼到了極致，就會出現數種奇幻的顏色，越高等的宇宙種族，能看到的顏色也就越多。若柯宇恆跟徐柏淳眞能看見數十道不同顏色的恐懼，只怕要刷新宇宙紀錄了，所以幻覺應該佔了大部分。」

老楊哼了一聲，說：「這樣啊。」

我老覺得有些怪怪的。老楊的口氣，眞怪。

齊米耶閉上牠巨大的眼睛，說：「當時，炸彈一引爆，賽司迦承受不了驚濤駭浪的恐懼，立刻崩潰；而徐柏淳所看到啃食自己手指、挖掉眼珠的小韓，就是發瘋了的賽司迦。」

老楊問：「所以，趁我們在車上昏睡時，你趕緊替代了賽司迦？」

齊米耶點點頭，說：「沒錯，還好那些炸彈只是半成品，恐懼流竄的速度不快，位在地底下三十公里的總部差一點就被波及。炸彈意外停止爆炸，公司趕緊派我化裝成小韓替代已變成廢人的賽司迦監視你們，並調查引爆以及停止恐懼炸彈的原因。」

老楊用力拍著大腿，叫道：「眞是可惜！」

我問：「等等，賽司迦瘋了，那我們怎麼會沒事？」

齊米耶說：「地球人的腦容量很龐大，炸彈只爆發一點時間，只能讓你們嚇得屁滾尿流，並不會造成瘋狂。」

我想到位在山下的便利商店也飽受癲狂之害，不禁動容。

但是……

可以瞬間震瘋這些怪物的武器，卻只夠令我們滴幾滴尿，外星人實在太遜了，還敢自稱惡魔？

我突然想到那一天在房裡看到齊米耶的事。

「那一天我在房裡看到你時，你怎麼不殺我滅口，還要冒險繼續喬裝下去？」我問。

「冒險？你們根本就在我們掌控之中，冒什麼險？」齊米耶聳聳肩，說：「再說，你還有用，我們需要你的協助。」

「你跟雞巴王薩麥爾從剛剛就一直提到這件事，勃起到底有什麼用處？」老楊閉著眼睛，搖頭晃腦地問。

「當恐懼兵器爆炸時，本來應當沒有任何物質可以中斷它或者防範它的。在幾次極祕密試爆過程中，我們試過連張三層超導防護罩、遙控衛星射殺兵器本身，都不能阻止兵器能量的釋放與穿透。但在兵器倉庫，也就是精神病院裡，柯宇恆居然凌空急轉將無形的恐懼吸收進去；而徐柏淳大叫一聲，硬是讓恐懼炸彈硬生生停止。這種可以阻止恐懼的能力，正是公司所亟需的超能力，這正好是恐懼兵器太過完美這項缺點的反制，解開你的腦內祕密以後，公司將可以準確控制爆炸範圍與效果，不怕引爆炸彈所帶來的反噬，也不怕未來有敵對公司或國家，會製造出相同的武器對付我們。所以，那天你撞見我卸下喬裝跟董事會回報監控進度時，我選擇麻醉你而非殺你滅口。」齊米耶拍著我的肩膀。

64 敵邏輯

「那怎不研究柯老師將癲狂捲進去的力量？」我說。

齊米耶說：「基於某種原因，公司認爲只需要研究你就夠了。」

「說謊。」

老楊從上衣的口袋裡拿出小菸斗，點燃菸媒，自顧抽起菸來。

齊米耶盯著老楊，說：「怎麼講？」

「你們心裡自己清楚，」老楊闔著眼，吐出一個菸圈，說：「你們打從心底畏懼小柯。」

齊米耶沒有說話，老楊繼續道：「自從小柯從板橋回來後，你們就決定儘快下手毀了他，不是嗎？」

老楊以菸斗柄敲著自己的金邊眼鏡，彎著腰說：「小柯不只跟勃起擁有同樣的資質，還領悟了適應這個世界的方法，他能看透邏輯運行的軌跡，學會超越語言的溝通。所以，你們被嚇壞了。」

薩麥爾沉著臉，道：「何以見得？」

「因爲他是億中選一的天生好手，他身上擁有你們懼怕了萬年的東西。」老楊說。

「……」薩麥爾跟齊米耶默然對望。

「爲了逮住他，你們刻意安排一輛路線恰巧經過我家的公車，吸引小柯上車。爲了逮住他，你們將原本設定好停在我家的公車，在最後一刻修改了路線程式以避開小柯的未來預測；為了逮住他，你們不敢自己出手，反逼迫勃起偷襲小柯；為了逮住他，你們給他吃的，絕非致命的毒藥。這一切，答案只有一個，那就是，小柯擁有可怕的潛質，一種能跟初始捍衛地球的九人抗衡的超級力量。」老楊說。

「太可笑了，要毀了柯宇恆，我們甚至不需要武器，只要輕輕一撕就夠了。」齊米耶笑著說。

「那為什麼不這麼做？」老楊問。

「哼。」齊米耶不置可否。

「答案是，你們沒種。」老楊終於睜開眼睛，說道：「當年你們無預警地對地球發射密透彈，反而使九個人沉睡的力量覺醒。可見，危機對超級人類而言，只是奇異力量的轉機；小柯也是，他的身體會針對危機做出驚人的應對，吸取癲狂、從時速超過三百公里的公車上飛旋而下，都是最好的證明。你們不敢使用暴力劫持或攻擊他，就是害怕被反噬。」老楊冷笑，又道：「你藉著沒有殺氣的勃起偷襲小柯，卻又害怕致命的毒藥反而會令小柯的身體產生抵抗；所以，你們餵他吃的，只是強烈的麻醉藥。」

「還有，最可疑的是，為什麼要急著把我們處決？你們就是害怕小柯的超能力越來越強，強到不可控制！」老楊激動地說著。

「隨便你怎麼說吧，反正結局已經底定了，剛剛他吃下的綠色小丸裡，是一種令人急速喪失邏輯理智的病毒，我們稱它『敵邏輯』——【de-logic】，只要殼一破，病毒一碰觸到生體，就會立刻寄生在生體的腦部，結果……」

「屌客！」我驚呼。

眞的有屌客！

比克說的是眞的！

我並沒有發瘋！

「公司也很驚訝，你明明沒有召喚什麼外星人，宇宙裡也沒有那美克星，但你居然能自己幻想出這麼接近公司產品的東西。不過，這項產品其實是宇宙間一種危險的毒品，只要一顆，病毒就會在寄主腦內製造大量錯誤的訊號，使寄主產生嚴重的迷幻感，並非你口中屌客的功能——吃掉邏輯！要知道，人類的腦容量之龐大，就算眞有屌客，吃一百年的邏輯也吃不完。」齊米耶說。

「那柯老師吃了四顆……」我問，柯老師此刻仍是一動也不動。

我瞥眼。

地上的便當盒。

筷子。

65 進化

「兩顆，兩顆就絕對夠他一輩子醒不過來，四顆嗎？從沒有人吃過三顆以上，所以我也不知道會怎麼樣，大概連做噩夢也沒辦法了吧！你很幸運，公司只想研究你，卻決定毀了柯宇恆。而楊先生等一下也會服下兩顆；至於你，只要乖乖配合我們的實驗，甚至還可以分到一些公司的股份。」齊米耶說。

「你又怎麼知道我肯幫你們？笑話！」我大笑著。

我往後一躍，心中暗道：「再見了，柯老師、老楊，消防星……不，天堂見……如果有的話。」

我抄起地上便當裡的筷子，用力插向自己的脖子。

寧願死。

寧願在生死簿上被寫上「用筷子自殺」，也不願變成恐懼實驗的祭品。

鮮血四濺。

脖子、臉上，全是小血滴。

原來死一點也不痛……我在心裡這樣想著。

「不痛？我快痛死了!!」

？

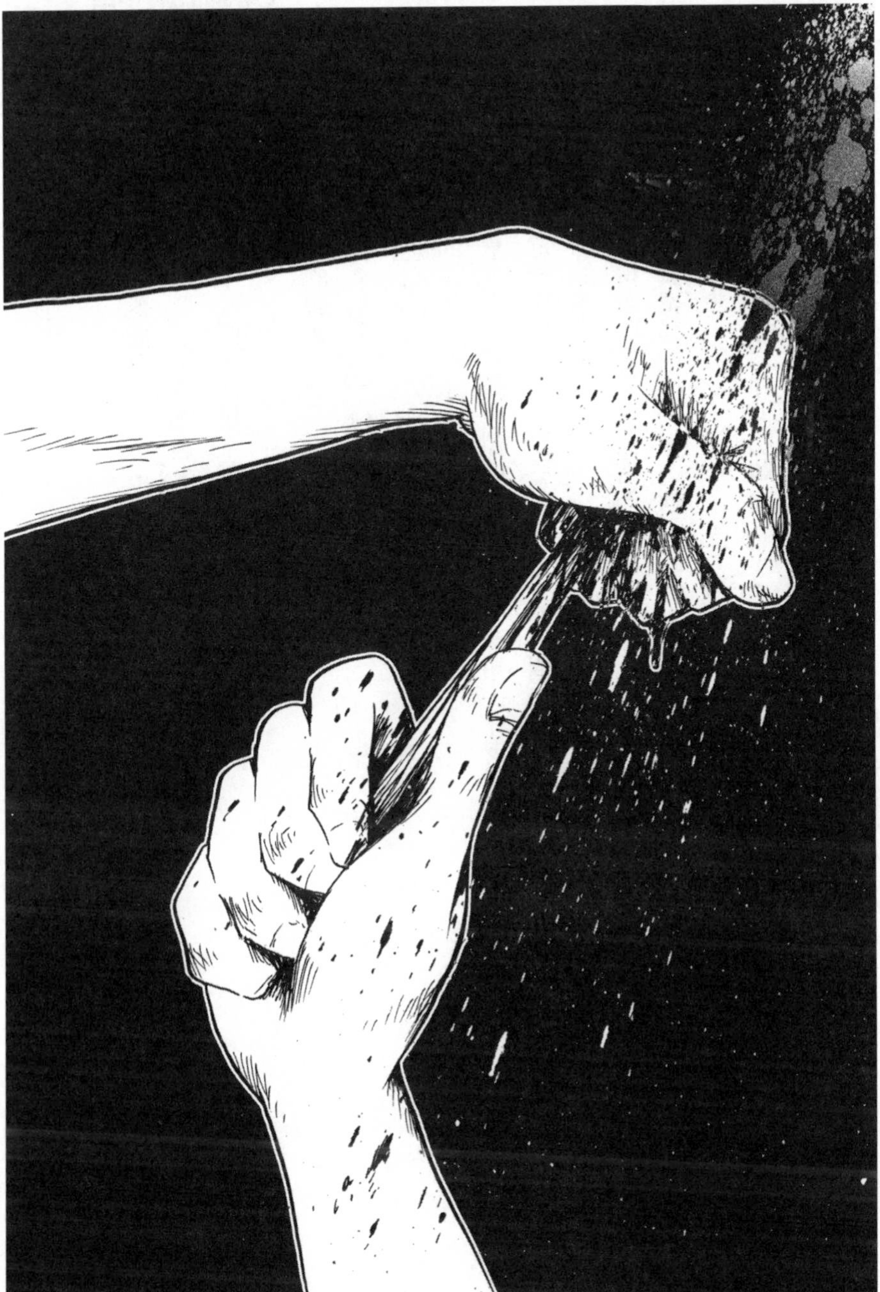

柯老師又進化了？

腥風撲面。

也不見薩麥爾發號司令，齊米耶、路瑟思、裘馬猛然向老師疾衝，跪在祭堂邊的大嘴守衛亦迅速拾起奇型兵器暴擲過來。

我還來不及眨眼，手上就多了件東西。

一顆頭。

路瑟思的頭。

「幫我拿一下。」柯老師說。

沒問題！

裘馬的頭也不見了，三顆，三顆都不見了。

小釧拿著裘馬三顆頭顱中的兩顆，另一顆，在老楊手上。

老楊終於張開眼睛，緊張兮兮地環顧四周。

柯老師的手上沒有頭。

他一手摟著既驚喜又錯愕的小釧，一手正輕輕摸著齊米耶的胸膛。

「現在大家都很忙，你一動，就沒人有手幫你撿腦袋了。所以，還是不要嘗試的好。」柯老師說。

柯老師甚至還沒睜開眼睛。

我根本不知道老師是怎麼出手的！

路瑟思跟裘馬的身上，全插滿了守衛擲來的兵刃，兩百餘支，一支一支地將牠們釘在地板上。

齊米耶維持攻擊中的姿態，一動也不敢動，刀刃般銳利的翅膀張得大大的……掉在地上，上面也插滿了兵刃。

薩麥爾毫髮無傷，卻不敢作聲。

「電影快散場了。」柯老師慢慢張開眼睛。

沒有驚人的銳利眼神，依舊是瀟灑的玩世不恭。

「老師！」我喜呼。

「你媽的，不是吩咐你好好當個英雄嗎？」柯老師說。

「老師！您果然暴強的！」我說，我想到老師在公園裡，也是剽悍地海扁了四個死國中生。

「真有你的，我還一直忐忑不安呢……」老楊將手中的醜頭丟開。

「不客氣，多謝你幫我問話。」柯老師伸手拍掉小釧手中的兩顆腦袋。

小釧的眼神盡是歡喜。

66 切過蛋糕沒？

「剛剛在吃便當時，小柯突然用腦波跟我通話，吩咐我照他的話問明這個世界的疑點，他也好爭取時間將體內的怪蟲壓制住。」老楊跟我說。

難怪！難怪老楊一直閉著眼睛，原來是爲了專心接收老師的腦波，連語氣也變得跟老師一模一樣。

「媽的，那四隻蟲害我四肢無力，但是沒其他屁用就是了，老楊問完了話，我也差不多完全恢復。」柯老師說。

「爲什麼不也用腦波跟我說？」我問，一邊把玩路瑟思的腦袋。眞醜，不過帶去學校一定暴屌的。

「你會得意忘形，遲早會露出馬腳，不如不說。」柯老師教訓的是。

我們幾個人大聲說話，完全無視身旁兩百多個武裝怪物。

柯老師拔起插在齊米耶翅膀上的蛇形兵刃，向齊米耶說：「從現在起，只要你動一下，發出一點聲音，你的頭就會跟你的脖子說再見。」

說完，柯老師拿著蛇刀，輕輕將齊米耶的左臂斬落，齊米耶的眼睛登時瞪得老大，卻大氣不敢吭一聲，任憑左臂血肉模糊，綠血四濺。

柯老師說：「我是英雄，不是君子，所以別對我的格調寄望太高，也不要誤會我懂得寬容，要是我待會提到饒恕，也千萬不要相信，我一向反覆。」

酷他媽的！

英雄無敵，本當夜摘敵首，不皺眉頭。

柯老師鬼魅般轉移兩百餘支奇形兵刃戳死眼前兩個怪物，又輕鬆威脅神態猙獰的齊米耶任其擺佈，沒有人看清的神祕武技，更是懾人心魄。

「勃起，切過蛋糕沒？」柯老師問道。

「切過。」我說。

「那你幫我把這隻醜八怪的角鋸掉，慢慢鋸，兩支角都要。」柯老師說完，將蛇刀遞了過來。

「是，我會鋸得很慢的。」我笑著說。

齊米耶臉色微變，卻不敢作聲，我拿起刀子慢慢往下鋸。

蛇刀很輕，很薄，卻削甲如泥，一接觸到齊米耶的頭角就直沒入內，要慢慢地鋸下怪角簡直是困難的藝術手段。

齊米耶的臉色痛苦不已，我看了也有些不忍。

「跟牠客氣什麼？視地球人爲炸彈的傢伙，我倒要看看牠們有多剽悍！」柯老師說，眼睛盯視著薩麥爾。

薩麥爾神色自若，不知是強自鎮定，還是另有勝券在握。

薩麥爾嘆了口氣，道：「地球人的歷史裡，盡是以強凌弱的故事，人類宰食萬物維生，其實都跟我們一樣。我們利用你們生產兵器，你們以豬羊爲食，兩者沒什麼不同，這一點，是宇宙必然的生物法則，希望你能明白。」

柯老師拔起地上一支長槍射向薩麥爾，薩麥爾往左一躲，長槍釘進牠身旁兩吋的石像上。

「說得很好啊，我也同意強凌弱是對的，不過你在合理化自己的所作所爲前，一定要弄清楚這裡的狀況。」柯老師繼續道：「情況大逆轉，我是強，你是弱。」

「未必。」薩麥爾慢慢張開翅膀。

六對巨大的翅膀，每一對都隱隱發出紫碧色鱗光，不是見血封喉的劇毒，就是罕世快刃。

67 放屁

「如果我沒猜錯，我們之間實力上的差距，已到了不容你抵抗的地步，就算是一整支艦隊，都難以跟我抗衡，不是嗎？」柯老師說著說著，又拔起一支長槍。

「也許是，也許不是。」薩麥爾挺起胸膛，眼中精光暴射，老態頓失。站在我們眼前的，已非猥瑣的老鬼，而是身懷恐怖絕技的沙場老將。

「你的超能力是很強，但還差釋迦等人遠多了；論速度，講實力，恐怕還很難說。」薩麥爾指著自己的腦袋，又說：「兩萬多年前那場談判上，公司跟宙斯等人會面時，我們七個董事全被他們怪物般的氣勢壓得全身發抖。但是，現在的你並沒有給我這種感覺，換句話說，也許再過幾年，你就會成長爲他們那種等級的高手。但是，現在的我還是略勝一籌。」

「屁，放屁！」柯老師放開小釧，踏步向前，說：「我可以在你眨眼前把你做成一道生魚片。」

「很好，很有自信，但你確定放開小釧跟我對戰是正確的選擇？」薩麥爾舔著刀一般的翅膀，說：「我的翅膀猥有劇毒，萬一不小心傷到小釧，你豈不遺憾終生？」

柯老師沉吟了一會兒，說：「有道理，那我就抱著她海扁你一頓吧。」

「將左側飛來的六十七支兵刃撥向索馬，釘住牠的翅膀；一邊向路瑟思衝去，一邊將右側襲來的兵刃反擲，五十二支釘落齊米耶的翅膀；又捲帶著七十支刺進路瑟思的身體裡，摘下牠的腦袋丟在徐伯淳的手裡後；反繞向左側，拿著圓刀劃下索馬三顆頭顱；然後跳到齊米耶的面前……我說的沒錯吧！」薩麥爾說道。

柯老師注視著薩麥爾，說：「不錯，你的眼力很好。」

薩麥爾說：「我的速度也不錯。」

柯老師說：「但你的速度未必跟得上你的眼力。」

「也許吧，但是如果跟你想像的相反，而你又抱著小釧這累贅跟我對戰的話，必是百死無生。」薩麥爾陰沉地說。

「我剛剛並未使出全力。」柯老師平靜地說。

「我的速度也遠遠超過我的眼力。」薩麥爾冷冷地說。

「放屁。」柯老師說。

「也許吧。」薩麥爾扭扭脖子，說：「再給你一個忠告，我不會全力向你攻擊；我一旦出手，就是針對小釧，即使被我的翅膀劃破一塊皮，只要一小塊，翅上的劇毒就可令任何人當場暴斃。」

柯老師聽了，連忙伸手將小釧抱在懷裡，卻說道：「而我一出手，你就會被射成蜂窩。」

雖然嘴硬，柯老師的氣勢已先輸了一截。

薩麥爾的實力難測，也許牠只是隻紙老虎；但是在萬年經驗的洗禮下，其運用心理戰的技巧之高，將原本自信滿滿的柯老師搞得疑神疑鬼，在老師的心中種下「小釧將受襲」的不安因子。

武俠小說常說，高手對峙，勝負只在一念之間。

柯老師要是在對戰時分心保護小釧，也許還能得勝；但是被薩麥爾事先提醒，心理上的負擔就可能將武技上的優勢逆轉。

柯老師也很清楚這一點。

「你這樣費心提醒我，顯然是信心不足。這樣吧，你自己割下你的翅膀，我就饒你不死。」柯老師晃著手中的長槍，晃著，不見了。

長槍不見了。

長槍釘在薩麥爾的影子上。

光一般的出手。

「這才是我的實力，割吧！」柯老師笑著說。

「很強，你眞的很強，沒辦法了。」薩麥爾嘆了口氣，拔起那支長槍，往自己的翅膀斬落。

長槍劈落，直沒入地底。

地上卻沒有斷落的翅膀。

但薩麥爾卻不見了。

「好險，我差點忘了你說過『要是我待會提到饒恕，也千萬不要相信，我一向反覆。』這句話。」薩麥爾說。

薩麥爾站在柯老師的身後。

電一般的身手。

68 勝敗？

「這是我現在實力的一半，三千年前的一成。」薩麥爾笑著說。

「其實我剛剛只用了一成不到的實力，」柯老師說：「我喜歡騙人。」

「是嗎？那是棋逢敵手囉。」薩麥爾大笑。

依我看，兩個人都在唬爛。

柯老師沒有回頭，因爲轉身的瞬間可能露出一絲破綻。

薩麥爾也不敢出手，因爲沒種。

「我有個提議。」薩麥爾說。

「屁，快放。」柯老師說。

「既然你的饒恕不能作數，那就讓我饒你一命吧！」薩麥爾說：「將徐柏淳留下，你們就可以走，從此兩不相欠，我們不找你們的碴，你們也別來破壞公司的實驗。」

高明！

要是薩麥爾說的是：「你們走，從此我們終止實驗，你們也別來找碴！」之類的話，柯老師就穩會出手，因爲要是薩麥爾開出的停戰條件太優渥，一定是牠的實力、信心不足以勝！但是薩麥爾以進爲退，不只要我留下，且殘忍的恐懼計畫硬不更改，顯然籌碼十足！

「勃起不能留下，你們另外再找人實驗。」柯老師頓了一下，說：「這樣，我們就走。」

高招！

要是柯老師立即答應薩麥爾的條件，一定會讓薩麥爾感到老師的實力不足——連我都不敢帶走——薩麥爾一定會毫不猶豫地出擊！

這兩個人，全都沒有信心！

一場高超的心理攻防戰，往往比性命相搏的瞬間驚心動魄得多。

「可以，你們走吧！到了洞口自然有人帶你們出去。」薩麥爾靜靜地說。

「勃起，老楊，我們走了。」柯老師說，依舊沒有回頭。

「一路順風。」薩麥爾收起刀一樣的翅膀，愉快地說。

「我眞是一秒鐘也待不下去。」柯老師鬆了一口氣說。

劍氣縱橫！

我還來不及回答，薩麥爾已倒下。

柯老師單膝跪地。

薩麥爾身上零零落落插著五、六支兵刃。

柯老師的左臂靜靜躺在我的腳邊。

顯然，在和解的瞬間，兩人居然同時出手。詭譎的戰局!!

勝敗？

「看來還是我技高一籌——你全射歪了，沒有命中要害。」薩麥爾說。

「……」老師沒有回話，只是呆呆看著懷裡的小釧。

「她沒救了，你也一樣。」薩麥爾慢慢拔出身上的刀刃，說：「劇毒已經擴散，解藥也無效了。」

小釧姐的腳踝上有一道割痕。

柯老師沒能成功守護祂的愛人。

老師眼眶泛紅，低頭輕吻小釧蒼白的唇。

小釧笑了。

小釧閉上了眼睛。

小釧的臉上多了幾滴水珠。

老師緊緊地摟著小釧，無神地顫抖。

這裡沒有英雄。

英雄不會流淚。

英雄不會無助。

英雄不會顫抖。

英雄不會縱聲大哭。

這裡只有傷心人。

傷心的斷臂人。

還有哀號，最哽咽的哀號。

「天！！！！！！！！！！！！！！！！！！！！！！！！我就是天！！！！！！！！！！！！！！！！！！！！！活過來呀！！！！！！！我就是天啊！！！！！！！！！！！！！！！」老師哭喊著。

「我不是擁有耶和華的力量？活過來啊！釧！活啊！」老師緊緊抱著小釧姐，歇斯底里地大吼大叫。

小釧動也不動。

「復活呀！我就是上帝呀！」老師竭力撕喊著。

我看見老楊的臉上，也流下了淚水。

久久，除了薩麥爾舔著刀翅上鮮血的聲音，只剩柯老師的哽咽。

「勃起……人死後，眞的會變成消防星人？」老師失魂落魄地問。

「嗯，那是個很漂亮的地方。」我說。

這一次，是我這輩子最希望自己沒發瘋的時刻。

「很漂亮？」

「我沒看過比它更美麗的地方了。」

柯老師點點頭，自我催眠地相信著。

我好恨。

爲什麼我是一個瘋子。

蝶舞。

小釧姐的髮際飛出一隻蝴蝶，那隻柯老師親手做出的陶蝶。

米色的蝶翅，優雅地飛舞著。

蝴蝶停在柯老師鮮血淋漓的左肩上，似乎心疼著老師的傷勢。

「是妳嗎？妳捨不得我？」柯老師痴痴地看著蝴蝶，哭道：「那就繼續陪我，醒過來啊！」

蝴蝶沒有說話，只是美妙地跳舞。

柯老師說：「我明白了，這次我不會再讓妳受到任何傷害。」

柯老師張大了嘴，蝴蝶停在祂的舌尖上，滿意地闔起翅膀，於是，老師閉起嘴巴。

「很神奇的魔法，但你的極限也就是這樣子了。」薩麥爾繼續道：「毒不死你，就撕了你。」

「碰！」

我的臉一陣劇痛。

血流滿面的齊米耶將我擊倒在地。

「眞不幸，情況又逆轉了，我要你付出代價。」齊米耶摸著斷角，恨恨地說。

齊米耶一說完，頭也不見了。

牠的頭，踩在柯老師的腳下。

「你動了。」柯老師說。

我簡直不敢相信！

「還想繼續嗎？一隻手的你？」薩麥爾說。

牠笑了。

薩麥爾居然笑了。

要是牠發現牠全身都插滿了奇門兵器，牠就不會笑了。

「痛嗎？」柯老師說。

「嗯？」薩麥爾還不懂。

「你死了。」柯老師說完，張大了嘴巴，蝴蝶翩翩飛出，停在老師的耳朵上。

薩麥爾當然沒有再回話。

死人不會說話。

除了柯老師，沒有人知道牠是何時中招、如何中招的。

一切都結束了。

69 最道地的地獄

祭堂上兩百多個大嘴奴隸不知所措地跪在地上。

柯老師拾起斷臂，將它交給了老楊，說：「給你當紀念。」

「不能用超能力把它接回去嗎？」老楊問。

「不知道，你就先拿著吧。」老師說。

「很痛吧？還有，您中的毒不要緊吧？」我問。

「我自己不要緊，但是卻救不了小釧。」老師戚然道。

蝴蝶飛到老師的鼻尖上。

「是小釧姐嗎？」我問。

柯老師沒有回答。

「在走之前，我們還有點事要先處理。」柯老師邊說著，邊走向祭堂中央。

柯老師使用他的未來視覺，在一台奇怪的機械上動了些手腳，一根鋼柱從地板裡升上來，老師顯然啓動了埋在地板內的電腦。

鋼柱的末端有一個紫色的小球，柯老師拿起小球將它丟到牆上，一團光暈裡漸漸出現了一個大房間的景象，老師說：「我開啓了類似視訊會議的功能。」

「嗯？」我說。

「我要跟這些外星人談判。」老師說。

影像漸漸清晰，三個老態龍鍾的怪獸坐在圓盤上，神色凝重地看著螢幕。

「我們是當年七個董事僅存的三個，我是第二任董事長別西卜，這裡發生的事，我們都透過監視器看到了。」其中一隻肥胖的怪物說。

「很好，你們打算怎麼辦？」柯老師說。

「我必須聲明，薩麥爾雖然是地球複製實驗部的主管，但是牠處事過於激烈，我們早就有意把牠調回母公司；牠欠缺考慮的衝動判斷，跟公司的方針其實是相違背的，希望你能了解。」別西卜說。

「推諉，原來不只是地球才會發生的醜陋。」老楊氣憤地說。

「你們走吧，我們會安排專機將你們送回台灣，如果你們需要金錢上的補償，公司也會負責到底，賠償的數目將足夠你們揮霍一輩子。」左側一隻瘦削的怪物說。

「實驗呢？」老師問。

「我們還要開會評估你的實力，到時再做決定。總之，你不必擔心你們回台灣後的安全問題，就算實驗繼續下去，也已跟你們無關。」別西卜說。

「評估？」老師笑了。

柯老師舉起手，唯一的手，輕輕往跪在牆邊的大嘴守衛一揮。

癲狂。

一瞬間，兩百多個大嘴頓時尖叫起來，數十道五彩斑爛的癲狂暴力地貫穿了這些守衛，頃刻間哀鴻遍野，大嘴逕相挖出自己的巨眼，拔斷自己的尖牙，有的甚至硬是一拳將自己的頭打爆落地。十幾秒內，地上堆滿了模糊的眼珠、仍在跳動的內臟、手臂、斷齒，真不愧是最道地的地獄。

「評估完了嗎？那些留在我體內的癲狂一點也沒減少，還在不停地繁殖，真謝謝你們帶給我這麼好的武器。」柯老師說。

三個怪物對望了一眼，驚訝不已。

「眞是諷刺，我們一直都在懼怕的超級人類，竟然是由我們自己在實驗中製造出來。」右側的獨眼怪物說。

「我的能力還會增加，相信再經過幾次戰鬥，我就可以跟女媧並駕齊驅了。」柯老師繼續道：「就如同我剛剛跟薩麥爾對決後，我就學會如何控制、釋放癲狂。現在，你們的戰艦、火力，在我的眼中就像玩具一樣。」

柯老師指著我，說道：「況且，我敢保證，一年以後，超級戰士將不只一個，而是兩個。」

「我懂了，我們會永遠撤退地球，實驗也將終止。」別西卜說。

「我的意思正好相反，實驗就讓你們繼續下去吧。」柯老師繼續道：「你們現有多少存貨？」

「完成品兩千零七件，半成品一千五百一十四件。」別西卜顯得很驚訝。

「給你們一個便宜的交易。當然，只要你一遲疑，我們就成爲絕對對立的敵人。」老師說。

「請說。」別西卜驚疑不定。

「第一，我現在心情很不好，你立刻將身旁的怪物殺掉。」柯老師盯著螢幕。

別西卜沒等另外兩位董事回話，翅膀疾張，身旁的董事立即慘遭腰斬。

果斷的公司經營者。

女孩哭道：「你的左手呢？」

獨臂人：「弄丟了。」

女孩：「丟了？」

獨臂人：「丟了。不過，我比較想知道，我有沒有弄丟我心愛的女孩？」

女孩緊緊抱住獨臂人，又哭又笑。

沒有回答，因為不需要。

獨臂人也笑了。

蝴蝶也笑了。

二〇〇二．清大梅園

70 蝴蝶

「第二呢？」別西卜問道，彷彿剛剛什麼事都沒有發生。

「永續維持這個複製的台灣，解除他們腦中的晶片，讓他們照自己的意識生活，但不准再有受害者進來，電腦、職員都不得介入這個世界的運轉，除了提供食物跟金融體制，嗯？」柯老師繼續說道：「永遠都別讓他們受苦，別讓他們知道自己之前只是別人的影子。」

「人類眞是善良，可以，我們會善待這些複製人，祕密且妥善地照顧他們。」別西卜說。

對於已造成的傷害，柯老師努力做出彌補。

因爲他知道，複製人不是影子，小釧姐不是，任何人都不是。

「第三，我讓你們繼續『虛擬實境組』的炸彈製程，但是，停止掠奪無辜者的靈魂，你們只能使用地球上罪大惡極的罪犯當實驗品。我相信，你們逮捕殺人凶手、貪婪政客、奸商軍閥的功力一定不會讓你們的貨源匱乏的，此外沒有其他的條件，除非我臨時想到。」柯老師說。

「很公道，這是筆划算的交易。合作愉快，專機將在兩個小時後抵達。」別西卜說。

有可怕的惡魔幫人類伸張正義、收拾敗類，站在地球的立場來看，也是筆便宜的交易。

「對了，這三千多顆恐懼炸彈，已足夠你們大發利市了吧。」老師問道。

「並不然，我們並不打算販售任何炸彈。」別西卜說。

「我懂了，合作愉快。」柯老師結束了通訊。

老楊、我、柯老師，全都坐在地板上，離專機抵達的時間還有兩個小時。

離回到原來的世界的時刻，只剩兩個鐘頭。

蛋包飯的香味，似乎已經飄到我的身邊。

媽媽……

「剛剛那些魔鬼說，他們不打算將這麼可怕的武器賣出，你說你懂了，這是怎麼回事？」老楊問。

「賣出去的話，就不値錢了，與其讓兩大聯盟都將擁有摧毀對方的絕對力量，不如公司自己獨自使用。我想沒多久，這家武器公司就會將這場萬年對抗的拉鋸戰況打破，利用恐懼炸彈毀滅數百種族，令宇宙兩大聯盟同時向其投降，成爲新的霸主。」柯老師說。

「照呀！自己當老大！這樣的確比販售新武器划算得多！」我說。

「宇宙未來的霸主，居然是魔鬼，而非上帝，眞是諷刺。」老楊說。

「霸主之爭，只是權力兩個字；如果眞的有上帝，我心目中的上帝，也不會跟魔鬼追逐這種表面的權柄。更何況，哈，我就是現任的上帝，將來還要負起保衛地球的責任，不知是地球之幸還是不幸。」柯老師格格笑著。

「老師，我也有超能力的資質嗎？」我緊張地問。

「嗯，等你考上大學後，我再給你特訓。」老師鼓勵著我。

太好了！我找到了最有意義的職業——地球守護神！眞是太卡通了！

我們坐在路西弗的石像下，珍惜最後的時光。

「要回去了。」老楊嘆道。

「以後還是多聯絡吧。」我突然不捨起來。

我說過，除了媽媽跟Lucky，世界根本無所留戀。

這個曾經亟欲逃離的世界，這個充滿扭曲意義的世界，我卻在這裡，找到了好朋友，找到了英雄，找到了自己。

「嗯，認識你們，永遠是我最珍貴的記憶，以後常來我家打麻將吧。」老楊說。

「嗯，老師，你也帶小釧姐來吧，這樣才不會三缺一。」我試著提醒老師，小釧姐還好好地活在台灣，真正的台灣。

「小釧死了。」

老師默然。

「對不起。」我說。

也許，死去的小釧，同樣無可取代。

「開玩笑的，」柯老師笑了：「小釧沒死，她只是換另一種方式陪伴我。」

蝴蝶振翅，似乎很高興。

「人死不能復生，連我也沒辦法改變，但是，我知道小釧不會離開我的，永遠都不會，即使化作蝴蝶也不會。」柯老師看著停在手指上的小蝶。

「真好。」我也笑了。

「那你的手怎麼辦？」老楊看著柯老師的斷臂。

「就這樣子吧。」柯老師苦笑著，說道：「在薩麥爾的刀翅劃上我的左手，翅上的毒液即將沿著手臂急竄而上時，我索性將手臂往翅上一靠，自己割下左手臂，再將體內的劇毒從傷口處逼出才保住一命。所以，這隻斷臂裡全是致命的毒血，一接回去，我就會死得跟豬一樣。」

「你還笑得出來，要是我早痛昏了。」老楊欽佩地看著老師。

「因爲我的心更痛，很痛，痛死了。」老師看著膝上的小釧姐。

小釧姐依舊美麗。

「這樣也很好，我一直很喜歡《神鵰俠侶》中的楊過，他斷了一隻手，我也一樣，只是斷不同邊。」柯老師笑著說。

「回去以後，你們有什麼打算？」老楊問道。

「我離開太久了，今年一定考不上大學，我媽鐵會押我補習重考的，我看未來的日子眞是充滿黯淡。」我說。

「我斷了一隻手，當兵就免了，我想先找幾份工作。」柯老師又說：「如果，小釧還沒交新的男朋友，我會回到她身邊；如果，小釧有了新歡，我就再把她追回來。」

「加油！」老楊說。

「那你呢？你失蹤了那麼久，教職還保得住嗎？」柯老師問。

「那一點也不重要，反正我再兩年就退休了，這次撿回了一條命，未來怎麼說都值得珍惜。」老楊說。

三個人，一隻蝴蝶，一堆笑聲。

兩個小時後，飛碟來了。

這是我第二次坐飛碟；第一次坐時我沒有知覺，所以這次我一直跟駕駛員問東問西的，不消說，那個駕駛員也是一個醜子。

柯老師看我興致很高，便命令駕駛員教我開一會兒飛碟，我眞是高興死了。

第一個開撒旦牌飛碟的人類，就是我，不過我不打算張揚，因爲沒有人會相信。

第二個是柯老師，祂不用駕駛員教就開得很好，你知道的。

最後，連老楊都忍不住開了一下，飛碟就是他停的。

飛碟停在擎天崗上，我們三個人互道珍重後，就各自回到自己的天地。

後來，老楊寄了許多明信片給我，明信片上盡是歐洲農村的風光。他說，他提早退休了，帶著老婆住在法國農村裡，每天過著種菜、寫書的恬適生活，他說他一旦回台灣看孫子，一定會再來看我。

我呢？

考得上大學才怪。

我正在準備重考，每天過著跟書打架的日子，這裡的書比百慕達的書要好懂多了，這是唯一値得慶幸的事。對了，忠實的讀者，如果你在拜拜的時候正好想到這個故事，就幫我祈求金榜題名吧！雖然柯老師說連他的超能力都幫不上我。

回家後的前幾天，媽媽整天一把眼淚一把鼻涕地帶我到處燒香還願，但過了幾星期後，她就跟以前一樣去忙她的火鍋店了，不過，她每天都會趕回家炒一盤蛋包飯給我吃。

寂寞？

再也不寂寞了。

蛋捲星人、佛珠星人、消防星人、比克等，還是如同往常一樣來找我。

他們是我最好的朋友。

記得柯老師在開飛碟時跟我說：「你以為你是瘋子？是的，你的確是，但是沒有人不需要朋友，瘋子也不例外。你眼中那些外星人可以是幻覺，也可以是朋友，關鍵在你們之間的友情——你們如果眞的是朋友，就會一輩子都是，不會因爲那個醜八怪的幾句話就讓你們分開。」

祂又說：「擁有隨時都可以交談的朋友，這不是多重人格，也不是幻覺，是一種幸福，至少，他們眞的很有趣，嗯？」

是的，他們眞的很有趣。

我捨不得他們。

至於柯老師呢？

分開的一個星期後，有人在暗巷裡看見一個獨臂人以不可思議的手法將四個持槍搶匪擊倒。

一個月後，有好幾個人目睹一個獨臂人在新光三越頂樓外追著一隻蝴蝶。

注意，是頂樓外。

也有更多人看過，在貴族世家裡，一個耳朵上停著一隻蝴蝶的獨臂人，愉快地挖著薄荷冰淇淋桶。

祂一直很愛薄荷，一直很愛蝴蝶。

也許有一天，將會有人看到，一個掛著自信笑容的獨臂人，牽著綁著蝴蝶髮髻的女孩，在清大的梅園裡散步。

祂們的身旁，也一定會有一隻米色的蝴蝶，愉快地飛舞著。

《恐懼炸彈》全劇終

後記
一個永不結束的世界

這是我第一個長篇故事。

《恐懼炸彈》是延續《語言》的作品，雖然《語言》本身就是一個結構完整的故事，但爲離奇的故事「尋找怪異事件的源頭」卻是一項極誘人的挑戰，所以我捨去「語言就是一個單純的怪異小故事」這樣的想法，延續它的生命。沒想到這一延續，不僅延續出一個自己都愛不釋手的驚奇冒險，也延續出一個「都市恐怖病」這樣一個超長系列。

《恐懼炸彈》的故事風格跟《語言》頗爲不同，也有人反應柯宇恆的個性跟《語言》中的表現差異頗大，這裡要說明的是，《恐懼炸彈》的視角是勃起的第一人稱，所以柯宇恆的英雄氣魄是通過勃起的詮釋，至於柯宇恆是否處變不驚、英雄無敵，只有他自己知道了。

另外，在這裡想簡單談談《恐懼炸彈》這樣一個故事，可以有什麼不同的底牌。

《恐懼炸彈》當初的設想，並不侷限於「這是一個科幻故事」如此的想法，也就是說，雖然解釋「柯宇恆在語言中遇到的符號困境」是本故事的核心命題，但將故事的謎底丟給外星人，只是其中一個解釋，當初在創作之初並沒有限定自己要採用哪一種解釋故事的方式，而是邊寫邊思考的，再加上有「勃起」這一搞笑的角色相伴，自己在尋找解釋的過程是十分享受的。

舉個例，若勃起幻想中的外星人同伴「比克」是眞有此事，那麼促使眾人陷入符號崩潰的世界之元凶，就可以設定爲流傳在宇宙中的病毒「屌客」，由太空病毒侵蝕宇宙生物的邏輯能力，也是很好的幻想題材，也可以藉此解釋世界上的精神病症狀大多是此種病毒所致。

另一種故事的底牌，也可以設定成「沒有謎底」，老楊、柯宇恆、勃起、小韓四人即使聚在一起了，但仍無法堪破邏輯毀壞的奧祕，從此瘋的瘋、自殺的自殺、變成更詭異的人、自暴自棄、以令人寒毛直豎的方式融入符號死亡的世界……等等，這樣陰暗的結局也有其特色，此般黑色的張力尤其見於恐怖漫畫家伊藤潤二[註]的眾多作品中。但這樣結局的方式有些可惜。可惜了什麼？可惜了作者發揮更高層次想像力的機會。爲一個怪異的現象做出天馬行空的解釋，這是夢想家的天職、創作者的至高興趣，是以我放棄了渾沌不明的謎底，選擇以宇宙文明交織人類各地的神話，將恐懼包裝成炸彈，作爲《語言》故事的底牌。

選擇外星人當故事底牌，的確是有些取巧的，因爲外星人經常成爲科幻小說家丟擲謎團的對象，企求從外星文明上找到種種現代科學無法說明的解釋，或者，七拼八湊後總是能將怪異事件同倒楣的外星人扯上關係。而我在幾經考慮後，也開心地將《語言》

的謎題拋給外星人，這使得有些讀者可能會感到失望：「這又是個扯上外星人的老把戲！」

但這套把戲，我可是卯盡心神在經營每個環節，只希冀大家在閱讀的過程中，能夠身歷其境地跟我一起享受奇想旅程：看勃起的神經質囈語、看癲狂四竄、看柯宇恆與外星魔物的極速死鬥、看愛情。很開心，有這樣的故事陪我成長，開啓我的創作生命。從此邀請你一同進入浩浩蕩蕩的系列故事：「都市恐怖病」，一個永遠不會結束的世界。

二〇〇三年

註：伊藤潤二是我相當喜愛的漫畫家，其作品《漩渦》更充滿了驚異的黑暗幻想，附帶一提，他的作品在網路上屢被抄襲、重新組合，更可見其魅力無匹。

二版後記 不停戰鬥的小說家

除了有心成爲一個敗類，一個人會成爲什麼樣的人，並不是自己說了就算。人類的生命週期充滿了變數，干擾，驚異，與脫出軌道。

大學一年級時，因爲沒有錢買摩托車，在大家忙著騎機車到處把妹時，我只好窩在交大圖書館裡看遍不知所云的雜書，租借完整面牆的參差不齊錄影帶渡過。大二後有了一台摩托車，便開始非常自我的啃食旅程，我愛上在新竹、竹北、新豐的二輪電影院享受廉價卻極歡愉的幾個小時，泡在清大夜市裡漫畫租書店的時間比待在教室多，並在系館地下室偷偷舉辦了兩屆很man的自由格鬥賽。到了大四，在所有同學都埋在準備企管、傳管、財管、人管等前途似錦的研究所考試時，廢物般的我仗著一肚子渾沌不明的雜學能量，挑上了冷門卻很硬的社會學研究所。

在挖著鼻孔闖過筆試，進入清大社會所碩士班的口試後，所方規定考生必須準備一份「學術作品」供教授審閱。但我大學念的是交大管理科學，毫無相關的作品，於是興致勃勃地寫出生平第一部長篇小說《語言》的前六個章節，號稱「具有社會學意義」的奇想小說，並附上未來一系列社會學意識小說的出版計畫，自信十足地對著教授們笑。

然而我落榜了。

「沒辦法，那我只好成爲地上最強的小說家了。」

一年後，我考上了東海社會所。但我並沒有成爲一個了不起的社會研究者。

重考的那一年，我寫了五部小說，完成了人生旅程中奇異又錯愕的突變。

「都市恐怖病」系列是我創作生涯的第一部作品，內容包括長篇，中篇，以及短篇小說，題材涵蓋五花八門的胡思亂想，各有各的新鮮嘗試。在都恐系列的創作過程中幾乎沒有先天的包袱或後天的顧慮，創意先行，熱血掩護，放肆地用破壞敘事結構的方式建築一個非常自我的故事世界。非常過癮。

我先看見了自己，然後才看見了讀者。

在網路上發表故事的漫長時間裡，讀者從好心的大老爺兩三頭，到浪潮般的浩蕩駕臨，我們在網路上一起建構出獨特的G板文化，製作音樂，設計圖案，惡搞故事角色，每次小說結局發表的夜晚都有數百名瘋子同我徹夜痛快。在我成爲網路小說世界裡最怪異的集體現象核心之後，傳統的出版市場才不得不注意到有這麼一個小說家的存在，瞇起打量怪物的眼神。

《Smart致富雜誌》訪問我，要我給希冀靠創作致富的新進小說家一些建議。

致富的建議？

我想說的是，這些小說家到底是想致富，還是眞心想創作？錢這種東西當然是賺越多越好，沒有「賺得剛剛好」這種事，但我看過許多小說家在請求讀者購書支持時，常用「我需要到處旅行擷取靈感」、「我創作一篇小說需要幾個月的時間，期間不能沒有經濟來源」、「我家由於買了豪宅欠很多錢待償」等理由。

眞是太詭異了。

作家憑什麼覺得自己應該過著跟其他老百姓不一樣的生活？爲什麼上班族朝九晚五工作，作家就不能每天寫八小時的稿？爲什麼大家在惱人的卷宗與十幾吋電腦螢幕前蒐集瑣碎的市場資訊，作家卻必須悠閒地躺在地中海的小船從日月精華裡吸取靈感？當大家都活在灰濁的城市節奏裡汲汲營營，爲什麼作家會認爲光鮮亮麗的自己能夠帶給死老百姓人生的意義？

這些必須過好日子才能寫作的「作家」開始用偶像外衣包裝自己，並希望過著偶像的生活，呼吸跟所有人不一樣的乾淨空氣，並開始注意自己的一言一行，幻想自己的言行將成爲讀者的圭臬。致富對於這些作家來說才是最重要的事，出書不過是其中一個方法，一個幫助致富的形象經營。

這可不是我認同的創作本色。

帶給世界巨大影響的作家，必定誕生在人群之中，過著與所有人一樣的忙碌生活，踩著同樣搖搖欲墜的土地，偶爾感嘆前途茫茫，時而被女孩當笨蛋拋棄。然後靠著拙劣的本事，變強。

不管是否想改變世界，身爲作家就要有自己養自己的覺悟，沒有人應該爲你選擇創作這一條路負責。靠著熱忱與實踐，不靠一刷再刷的版稅，一個月出版一本書、幫雜誌寫短文補天窗等硬漢方式，也能夠幫助一個作家繳清助學貸款，蝸牛般還光房貸車貸，就跟所有人一樣。大家都在戰鬥，作家也沒有道理置身事外。

我的骨子裡還是那個，老是嚷著一天要寫五千字的小鬼。我的每一天，都是踏踏實實的戰鬥。有名氣我很快樂，不紅的時候我仍覺得自己才是王道。捏緊的拳頭沒有人扳得了，除非自己放開。

這是我創作都市恐怖病的初衷，這份初衷來自膽氣十足的自我。這部系列作品裡有許多生澀的斧鑿，畢竟那是個創意凌駕我的處理故事結構能力的時代，我在其間彷彿駕馭可怕的華麗巨獸，終於馴服的得意搏鬥。是我人生出軌的美好記錄。

往後的熱血人生，我都將期許自己的小說能夠帶給所有人生存的勇氣。

這個的目標非常值得戰鬥，不停不停地戰鬥。

二〇〇五年

國家圖書館出版品預行編目資料

恐懼炸彈／ 九把刀(Giddens) 作.
——初版.——台北市：蓋亞文化，
面； 公分.——(九把刀. 小說；GS006)

ISBN 978-986-319-028-8(平裝)

857.83　　101023303

九把刀・小說　GS006

恐懼炸彈 CITYFEAR 1　全新插畫版

作者／九把刀（Giddens）
插畫／漢寶包
封面設計／克里斯
企劃編輯／魔豆工作室
　電子信箱◎thebeans@ms45.hinet.net
出版／蓋亞文化有限公司
　地址◎台北市103赤峰街41巷7號1樓
　電話◎（02）25585438　傳真◎（02）25585439
　部落格◎gaeabooks.pixnet.net/blog
　服務信箱◎gaea@gaeabooks.com.tw
　投稿信箱◎editor@gaeabooks.com.tw
　郵撥帳號◎19769541　戶名：蓋亞文化有限公司
總經銷／聯合發行股份有限公司
　地址◎新北市新店區寶橋路二三五巷六弄六號二樓
　電話◎（02）29178022　傳眞◎（02）29156275
港澳地區／一代匯集
　電話◎（852）27838102　傳眞◎（852）23960050
　地址◎九龍旺角塘尾道64號龍駒企業大廈10樓B&D室
三版一刷／2012年12月
定價／新台幣 280 元
Printed in Taiwan

GAEA
ISBN／978-986-319-028-8

GAEA

Gaea